大作家写给孩子们

月亮雪橇之林

桑德堡奇趣故事集

浪花朵朵

［美］卡尔·桑德堡 著
［美］莫德·彼得沙姆
［美］米斯卡·彼得沙姆 绘
吴湛 译

上海人民美术出版社

献给 斯宾克和斯卡布奇[1]

---

[1] 斯宾克和斯卡布奇是桑德堡对他的女儿玛格丽特和珍妮特的昵称。

目 录

1
三个关于寻找 Z 字形铁路、戴围兜兜的猪、烤制马戏团小丑的烤箱、肝片烩洋葱城和奶油泡芙村的故事

他们如何变卖家当前往鲁特伯格国　3
人们如何拽回被大风吹跑的奶油泡芙村　15
五只生锈的老鼠帮村民找到了新村子　22

2
五个关于土豆脸盲人的故事

土豆脸盲人失去了他金色手风琴上的钻石兔子　31
土豆脸盲人如何享受一个美好的春日早晨　35
扑克脸狒狒和热狗老虎　41

土豆脸盲人的月亮雪橇之梦　46
"给我斧"打听Z字形铁路的故事　50

3
三个关于金色鹿皮硝子的故事

布莉希·宾博和有魔力的金色鹿皮硝子　59
杰森·史奎夫和他的爆米花帽子、
爆米花手套、爆米花鞋子　65
破烂汉哈巴库克、
两只蓝老鼠和付现钞的马戏团的人　74

4
四个关于黑暗门廊的暗黑命运的故事

布娃娃和扫帚柄的婚礼入场式　83
帽子灰铲子怎么帮助史努福　88
三个怀揣糖浆罐子和秘密理想的男孩　92
风向一变，小家伙宾波的大拇指粘在了鼻子上　104

5
三个关于风绕行的三个方向的故事

两栋决定生孩子的摩天大楼　113
一块钱手表和五只长耳大野兔　120
木头印第安人和大角水牛　129

6
四个关于珍贵的、珍贵的眼睛的故事

白马女孩和蓝风男孩　135
六个气球女孩对马背上的灰衣人说的话　141
亨利·海格利霍格利如何戴着手套弹吉他　148
千万别把舞鞋对着月亮踢　155

7
一个关于"只有火生族才懂蓝色"的故事

沙滩上的影子　161

8
两个关于玉米仙子和蓝狐狸、福龙布在美加两国的际遇的故事

如何辨认玉米仙子　173
动物们如何从费城到梅迪辛哈特，
　让他们的尾巴失而复得　181

1

三个关于寻找Z字形铁路、戴围兜兜的猪、烤制马戏团小丑的烤箱、肝片烩洋葱城和奶油泡芙村的故事

主要角色："给我斧"
"请给我"
"甭问我"
售票员
细翅斯斯
舅舅、舅公、叔叔、叔公四人
暴风雪中的老鼠
五只生锈的老鼠

其他角色：气球采摘者
烤制的小丑
波点猪

他们如何变卖家当前往鲁特伯格国

"给我斧"住在一栋一成不变的房子里。

"烟囱在屋顶上排烟,""给我斧"说,"门把手用来开门。窗户不是开着就是关着。我们不在楼上就在楼下。一切都是一成不变的。"

他决定让他的孩子自己给自己取名字。

他说:"他们学说话时,嘴里蹦出的第一个词,就作为他们的名字吧。这么一来，他们就能自己给自己取名字啦。"

"给我斧"有了第一个儿子，他给自己取名叫"请给我"；接着他又有了第一个女儿，她给自己取的名字是"甭问我"。

夜里，山谷的暗影映在两个孩子的眼眸里；清晨，朝日的光芒洒在他们的额头上。

他们深色的头发蓬乱如野草。孩子们喜欢转动门把手，打开门，跑到外头去，让风梳理他们的头发，抚摸他们的眼睛，把柔软的指头轻轻覆在他们的额头上。

后来，他们家再没有新的男孩出生，也没有新的女孩出生。于是，"给我斧"对自己说："我的第一个儿子正是我的最后一个儿子，我的最后一个女儿也正是我的第一个女儿。他们的名字都是自己取的。"

"请给我"长大了，他的耳朵越来越长。"甭问我"也长大了，她的耳朵也越来越长。他们一直住在这栋一成不变的房子里，也学会了父亲的那种腔调，说着：

"烟囱在屋顶上排烟，门把手用来开门。窗户不是开着就是关着。我们不在楼上就在楼下。反正一切都是一成不变的。"

渐渐地，他们从早餐吃鸡蛋后，到晚上起凉风时，没完没了地互相发问，"谁是谁""多少钱"，还有"答案是什么"。

"在任何地方待太久都让人无法忍受。"难搞的老头子"给我斧"开口说道。

他同样难搞的儿子"请给我"和同样难搞的女儿"甭问我"应和道："是的，在任何地方待太久都让人无法忍受。"

于是他们卖掉了全部家当，什么猪啦，牧场啦，辣椒收割机啦，干草叉啦，通通都卖掉了，只留下一个破布袋和几样零碎物件。

邻居们见他们卖掉了全部家当，一时间猜测纷纷。有的说他们要去堪萨斯州，有的说要去科科莫，有的说要去加拿大，有的说要去坎卡基，有的说要去卡拉马祖，有的说要去堪察加半岛，还有的说要去查特胡奇河。

一只小嗅探犬半眯着眼，捂着鼻子，仍然掩饰不住它那副等着看笑话的表情："他们是要到月亮上去呐，等他们到了那里就会发现，一切都还是老样子嘛。"

"给我斧"把他变卖全部家当——那些猪啦，牧场啦，辣椒收割机啦，干草叉啦——得到的所有现钞，都装进破布袋里，又像捡破烂的人那样把破布袋甩到背上，走回了家。

然后，他带着"请给我"——他的长子、幺儿、唯一的儿子，以及"甭问我"——他的长女、幺女、唯一的女儿，一起走向火车站。

售票员还是一成不变地坐在售票窗前卖火车票。

"你想买往返票，还是一去不回的单程票？"售票员揉着惺忪睡眼问道。

"我们想买铁路直通天际、一去不回的票——把我们送到铁路的尽头，还要再往前很远很远。""给我斧"这样回答。

"这么远？这么早？这么急？"售票员又揉了揉眼

睛，努力驱散睡意，"那我给你们一种新的车票。风吹来的车票。那是一张光滑的长条形黄色厚皮革车票，上面嵌有一道蓝色的海绵。"

"给我斧"感谢了售票员一次，又感谢了售票员第二次，但他没再感谢第三次，而是打开破布袋，取出他变卖全部家当——那些猪啦，牧场啦，辣椒收割机啦，干草叉啦——得到的所有现钞，通通付给了售票员。

在把票放进口袋之前，"给我斧"对着这张嵌有蓝色海绵的、光滑的长条形黄色厚皮革车票瞧了一眼、两眼、三眼。

随后他领着"请给我"和"甭问我"上了火车，让列车员检了票。就这样，他们开始了铁路直通天际还要再往前很远很远的旅程。

火车开啊开啊开，开向铁路直通天际的地方，一路"况且况且况且况且"地往前开。

有时，火车司机会鸣笛、吹哨，呜呜呜呜；有时，消防员会拉响警钟，铃铃铃铃；有时，猪鼻子般一张一

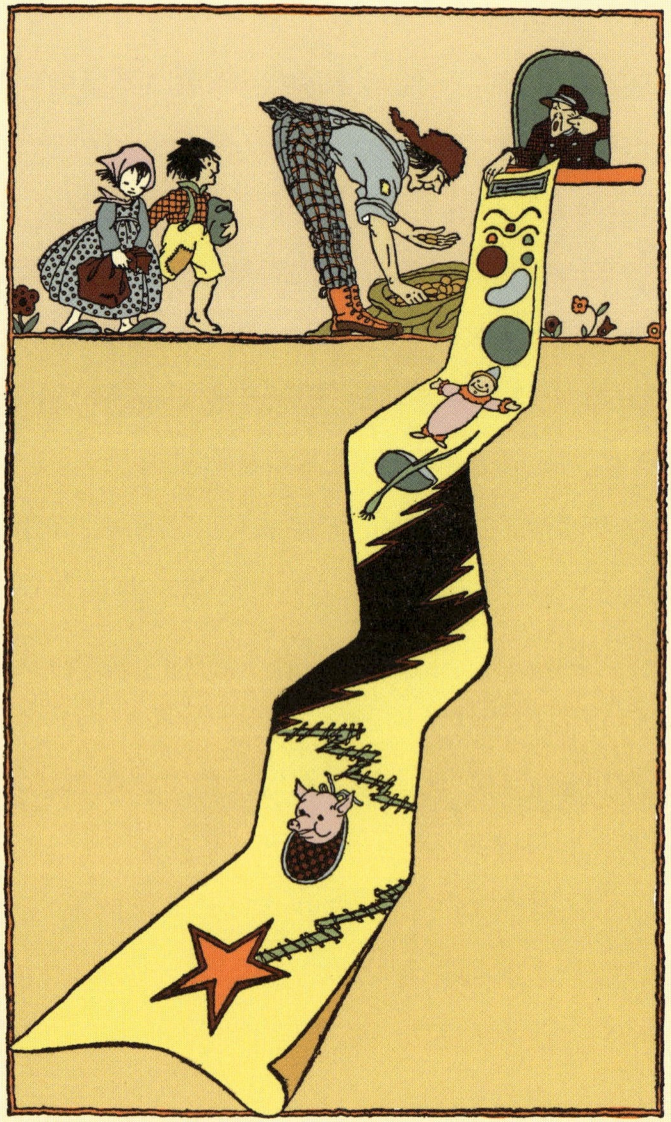

合的蒸汽机孔堵住了，发出嘶啦嘶啦的声音。但无论汽笛、哨子、警钟、蒸汽机孔有什么动静，火车只管一直开啊开啊，开向铁路直通天际的地方，还要再往前继续开啊开啊开啊开。

"给我斧"时不时看向自己的口袋，伸手进去，掏出那张嵌有蓝色海绵的、光滑的长条形黄色厚皮革车票。

"哪怕是埃及的国王，哪怕他拥有许多利足的骆驼，又拥有许多跑得飞快的好运细斑蜥蜴，也不曾享受过这样的旅行。"他对两个孩子说道。

接着，奇妙的事情发生了。他们遇上了另一列火车，和他们的火车行驶在同一条铁路上。一列火车往这边开，另一列火车往那边开。两车迎头相遇，然后又错身而过。

"怎么回事？发生了什么？"两个孩子向父亲发问。

"一列火车从上面开，一列火车从下面开。"他回答道，"这里是'上下之国'，谁也不用给别人让路，它们可以一个走上面，一个走下面。"

接着,他们来到了气球采摘国。这个夏天迎来了气球大丰收,一个个气球系在线上,从天上倒挂下来。系气球的线非常细,一眼看去根本看不见。只见天上密密麻麻都是气球——红色、蓝色、黄色气球,白色、紫色、橙色气球,桃子、西瓜、土豆气球,黑麦面包气球和小麦面包气球,还有香肠串气球和猪排气球,纷纷飘浮在天空上。

气球采摘者都踩着高跷在摘。每个采摘者都自带高跷,有的长,有的短。采摘靠近地面的气球就踩短高跷,如果要摘飘得又高又远的气球,那就踩在又高又长的高跷上。

小宝宝们踩着宝宝高跷,采摘小小气球。每当他们踩不稳摔下来时,手里握着的那束气球会让他们悬在空中,直到他们的小脚丫重新踩回高跷上。

"那是谁在天边越飞越高,好像一只早晨的鸟儿?""甭问我"问她的爸爸。

"他唱得太欢快了,"她的爸爸回答,"歌声从他的喉咙里传出来,他的身体就变轻盈了,于是气球拽着他离开了高跷,向空中飘去。"

"那他还会再下来,回到他的亲朋好友身边吗?"

"会的,等歌全部唱完,他的心会变得沉重,到时候他就会降落下来,踩回高跷上了。"

火车继续开啊开啊开。火车司机随心所欲地鸣笛、吹哨,呜呜呜呜;消防员随心所欲地拉响警钟,铃铃铃铃;猪鼻子般一张一合的蒸汽机孔时不时发出嘶啦嘶啦的声音。

"接下来就要到小丑之国了,""给我斧"对儿子和女儿说,"睁大眼睛看哦。"

他们果真都睁大了眼睛。眼前出现了一座座有烤箱的城市,有长烤箱,有短烤箱,有胖墩墩的矮烤箱和瘦伶伶的高烤箱,个个都在烤着长小丑、短小丑、胖墩墩的矮小丑和瘦伶伶的高小丑。

小丑在烤箱里烤好以后,就被拿出来晒太阳,一个个背靠围栏立着,就像抹了红嘴唇的白色大玩偶。

只见两个人走到那些玩偶般呆立不动的新出炉小丑旁边,挨个进行处理。一个人把一桶白色的火焰倒到小丑身上，另一个人则用气泵把一股红色的活气送进小丑的红嘴巴里。

不多时，小丑们揉揉眼睛，张张嘴巴，扭扭脖子，动动耳朵，伸伸脚趾，跳着离开围栏，在旁边的锯末圈[1]里前手翻、侧手翻、前空翻、后空翻，翻起各式各样的筋斗来。

"下一站，我们将要到达的是鲁特伯格国，那里的大城市叫肝片烩洋葱城[2]。""给我斧"一边说，一边查看自己的口袋，确定那张嵌有蓝色海绵的、光滑的长条形黄色厚皮革车票还在里面。

火车继续开啊开啊开。忽然，火车不再直行，而是曲折前进，就像一个字母 Z 接着一个字母 Z，一个一个又一个。

火车下的整条轨道、钢轨、枕木和轨道钉也都从直的变成了曲曲折折的，就像一个字母 Z 接着一个字

1　马戏表演时，会在圆形场地上撒锯末，以便在动物表演后易于清理，这种常见的场地设置被称为"锯末圈"。
2　肝片烩洋葱是一道传统西式家常菜肴，在 20 世纪的美国曾经非常流行。

母Z，一个一个又一个。

"好像我们走到一半又折回来了似的。""甭问我"说道。

"看看窗外有没有戴围兜兜的猪，""给我斧"说，"如果看到戴围兜兜的猪，我们就到达鲁特伯格国了。"

于是，他们从曲曲折折车厢的曲曲折折车窗往外看，看到的第一群猪就戴着围兜兜。接着看到的一群猪，又一群猪，也全部都戴着围兜兜。

方格猪戴着方格围兜兜，条纹猪戴着条纹围兜兜，波点猪则戴着波点围兜兜。

"谁让猪戴着围兜兜的？""请给我"问爸爸。

"它们的爸爸妈妈呗。""给我斧"回答,"方格猪有带方格的爸爸妈妈,条纹猪有带条纹的爸爸妈妈,波点猪则有带波点的爸爸妈妈。"

火车继续曲曲折折地开啊开啊开,火车下的整条轨道、钢轨、枕木和轨道钉也都曲曲折折的,像一个字母 Z 接着一个字母 Z。

开了一会儿,火车曲曲折折地开进了肝片烩洋葱城,那可是很大很大的鲁特伯格国里最大的城市。

所以说,如果你要去鲁特伯格国,当你发现铁路从直的变成曲曲折折的,而且猪都戴着它们的爸爸妈妈让戴的围兜兜时,你就知道自己已经到达目的地了。

如果你准备动身去鲁特伯格国,别忘了首先要卖掉你的全部家当,什么猪啦,牧场啦,辣椒收割机啦,干草叉啦,把换来的现钞装进破布袋里,然后去火车站,向售票员买一张嵌有蓝色海绵的、光滑的长条形黄色厚皮革车票。

要是售票员揉着惺忪的睡眼,问你"这么远?这么早?这么急?",你可千万不要大惊小怪哦。

人们如何拽回被大风吹跑的奶油泡芙村

一个名叫细翅斯斯的小女孩来到了肝片烩洋葱城,看望她的舅舅和舅公、叔叔和叔公。

舅舅、舅公、叔叔和叔公四个人还是头一回见到这位小亲戚——他们的外甥女、孙外甥女、侄女和孙侄女。他们个个都对细翅斯斯的蓝眼睛引以为豪。

舅舅和舅公久久凝望着她的蓝眼睛,说道:"她的眼睛真蓝啊，如此清澈的浅蓝色，就像那夏天淋过太阳雨的矢车菊，缀满蓝色的雨滴，在银色叶丛中闪闪发亮，摇曳起舞。"

叔叔和叔公也久久凝望着她的蓝眼睛，说道："她的眼睛真蓝啊，如此清澈的浅蓝色，就像那夏天淋过太阳雨的矢车菊，缀满蓝色的雨滴，在银色叶丛中闪闪发亮，摇曳起舞。"

舅舅、舅公、叔叔、叔公赞美她的蓝眼睛的话，细翅斯斯根本没在听，也没听见。不过，当他们没在听的时候，她自言自语道："舅舅、舅公、叔叔、叔公看起来都和蔼可亲，我这次走亲戚一定会玩得很开心的。"

舅舅、舅公、叔叔、叔公对她说："我们能问你两个问题吗？第一步问第一个问题，第二步问第二个问题。"

"我愿意让你们今天早晨问五十个问题，明天早晨又问五十个问题，天天早晨都问五十个问题。我可喜欢听问题了。它们从我的一个耳朵进，另一个耳朵出。"

于是，舅舅、舅公、叔叔、叔公第一步问了她第一个问题："你从哪里来？"第二步问了她第二个问题："你的下巴上为什么有两粒雀斑？"

"第一步回答你们第一个问题，"细翅斯斯说，"我来自奶油泡芙村，那是玉米原野的高地上一个轻盈小巧的村庄。远远望去，它就像一顶戴在大拇指上、给大拇指挡雨的小帽子一样。"

"再说点。"舅舅、舅公、叔叔、叔公其中一位说道。

"多说点。"他们中的另一位说道。

"娓娓道来不要停。"又一位补充道。

"千万千万别打顿。"最后一位喃喃道。

"奶油泡芙村是玉米原野的高地上一个轻盈小巧的村庄，比日落之处还要往西好多英里[1]，"细翅斯斯接着说，"它如奶油泡芙般轻盈，独自坐落在这片辽阔原

---

[1] 英里是一种长度单位，1英里约等于1.6千米。

野的斜坡上。风儿吹到斜坡，绕着村子玩耍，为村子唱起风之歌来，夏天唱夏风之歌，冬天就唱冬风之歌。

"有时候，无端端地，风突然变得猛烈，每当此时，狂风会拽起小巧的奶油泡芙村，把它吹到天上，让它兀自飘浮着。"

"噢……"舅舅、舅公、叔叔、叔公其中一位说道。

"嗯……"另外三人说道。

"如今，村里的人都听得懂风儿是在唱夏风之歌还是冬风之歌。他们也知道，突如其来的狂风会拽起这座小村庄，把它吹到天上，让它兀自飘浮着。

"要是你们走到村子中央的广场，会看见一间大大的圆顶屋。掀开圆顶屋的屋顶，还会看见一个大大的线轴，长长的绳子一圈圈绕在线轴上。

"现在，每当狂风来袭，拽起村子，把它吹到天上，让它兀自飘浮，那根绳子就会从线轴上松开，因为村子已经被牢牢拴在了绳子上。于是，风猛烈地吹啊吹啊，绳子就在线轴上松啊松啊，村子也就被越吹越远，吹到了天上，兀自飘浮着。

"最后，等粗心而健忘的狂风终于玩够了，停歇了，村里的人才聚到一起，齐心合力地转动线轴，把村子扯回原来的位置。"

"噢……"舅舅、舅公、叔叔、叔公其中一位说道。

"嗯……"另外三人说道。

"也许有朝一日，你们这几位和蔼可亲的舅舅、舅公、叔叔、叔公会到奶油泡芙村去看望你们的小亲戚，也就是你们的外甥女、孙外甥女、侄女、孙侄女。说

不定她会领着你们穿过大街小巷走到广场，带你们参观那间圆顶屋。村里的人管它叫'大线轴的圆顶屋'，对这项发明创造十分自豪，很愿意向客人展示一番。"

"现在请你第二步回答第二个问题——你的下巴上为什么有两粒雀斑？"之前说"千万千万别打顿"的那位，打断她的话问道。

"雀斑是粘上去的，"细翅斯斯回答，"每当女孩离开奶油泡芙村出门远行，妈妈就会在她的下巴上粘两粒雀斑。每粒雀斑都得和烤箱里烤焦了的奶油小泡芙一模一样。这两粒烤焦的奶油小泡芙般的雀斑粘在下巴上之后，每天早晨女孩对着镜子梳头时，看到这两粒雀斑就会想起奶油泡芙村。雀斑会提醒她家在何处，提醒她不要离家太久。"

"噢……"舅舅、舅公、叔叔、叔公其中一位说道。

"嗯……"另外三人说道。

接着他们就议论起来，只听他们说道：

"她有一份上天的恩赐，那就是她的眼睛。她的眼睛真蓝啊，如此清澈的浅蓝色，就像那夏天淋过太阳雨的矢车菊,缀满蓝色的雨滴,在银色叶丛中闪闪发亮,摇曳起舞。"

与此同时,细翅斯斯也在自言自语:"舅舅、舅公、叔叔、叔公看起来都和蔼可亲,我这次走亲戚一定会玩得很开心的。"

五只生锈的老鼠帮村民找到了新村子

就在细翅斯斯去肝片烩洋葱城看望她的舅舅、舅公、叔叔、叔公的时候,有一天,突然下起了暴风雪。飞雪漫天,狂风呼啸,声音尖利刺耳,仿佛不堪重负的车轴在嘎吱嘎吱作响。

就在这天,一只灰色的老鼠来到了舅舅、舅公、叔叔、叔公的家。这只老鼠皮是灰的,毛也是灰的,灰得就像牛排上的灰胡椒汁。老鼠还带着一个篮子，篮子里装了一条鲶鱼。老鼠说："请让我借个火，借点盐，我想煮一小碗热腾腾的鲶鱼汤，好让我暖暖身子，走出这场暴风雪。"

舅舅、舅公、叔叔、叔公异口同声地说："我们现在没时间招待老鼠——我们还想问问你篮子里的鲶鱼是哪儿来的呢。"

"噢，噢，噢，求求你们——看在那五只生锈的老鼠的分儿上，看在奶油泡芙村的五只幸运鼠的分儿上，请别把它拒之门外。"细翅斯斯叫道。

舅舅、舅公、叔叔、叔公都停住了。他们久久凝望着细翅斯斯的眼睛，涌起了和之前同样的想法。他们想：她的眼睛真蓝啊，如此清澈的浅蓝色，就像那夏天淋过太阳雨的矢车菊，缀满蓝色的雨滴，在银色叶丛中闪闪发亮，摇曳起舞。

于是，舅舅、舅公、叔叔、叔公打开门，让灰老鼠带着它的篮子和鲶鱼进了屋。他们一样样地指给老鼠看，厨房在哪儿，火在哪儿，盐在哪儿。老鼠煮汤的时候，他们也陪在旁边看着。老鼠给自己煮了一碗鲶鱼汤暖暖身子，打算靠这份温暖扛住漫天飞雪的严寒，走出这场暴风雪。

他们打开前门，让老鼠走出去，和老鼠互道了声再见。接着，他们就转过头问细翅斯斯，奶油泡芙村的五只生锈的幸运鼠究竟是怎么回事。他们知道，奶油泡芙村是细翅斯斯的家乡，是她和爸爸妈妈、亲朋好友一同生活的地方。

"那时我还是个没长大的小女孩，还十分懵懂无知。九岁生日的时候，祖父送给我一份生日礼物。我记得他是这么对我说的：'过了这个生日，你就再也不会过九岁生日了，所以我要送你这一盒生日礼物。'

"盒子里是一双红色的舞鞋，每只鞋上都有一只金色的时钟。一只钟走得快，另一只钟走得慢。他告诉我，如果我想赶早到达目的地，就看走得快的钟；如果想晚点到达目的地，就看走得慢的钟。

"九岁生日那天，祖父领着我走到奶油泡芙村中央的广场，来到大线轴的圆顶屋旁边。在那里，他用手指着五只生锈的老鼠雕像，告诉我那就是'五只幸运鼠'。我尽量给你们复述他的原话。

"他告诉我，许多许多年以前，早在雪鸟戴上滑稽的小号懒人帽、穿上滑稽的小号懒人鞋之前，也早在雪鸟学会摘下懒人帽、学会脱下懒人鞋之前。那么久以前，遥远的肝片烩洋葱城有一群吃奶油泡芙的人，他们约好到大街上集合，手里提着行李，肩上背着家当，成群结队地走出了肝片烩洋葱城。他们边走边说：'我们要找地方建一个新的村子，它的名字就叫奶油泡芙村。'

"他们提着行李，背着大包小包的家当走在原野上。突然，下起了暴风雪。飞雪漫天，狂风呼啸，声音尖利刺耳，仿佛不堪重负的车轴在嘎吱嘎吱作响。

"雪一直下。狂风扫荡了整整一天一夜，第二天依然如此。风刮得天昏地暗，卷起冰凌劈头盖脸地砸下来。他们在暴风雪中迷了路，还以为自己会就此葬身雪地，被路过的狼群吃掉。

"就在这时，五只幸运鼠出现了。那是五只生锈的老鼠，皮也生锈，毛也生锈，脚和鼻子都生锈，浑身

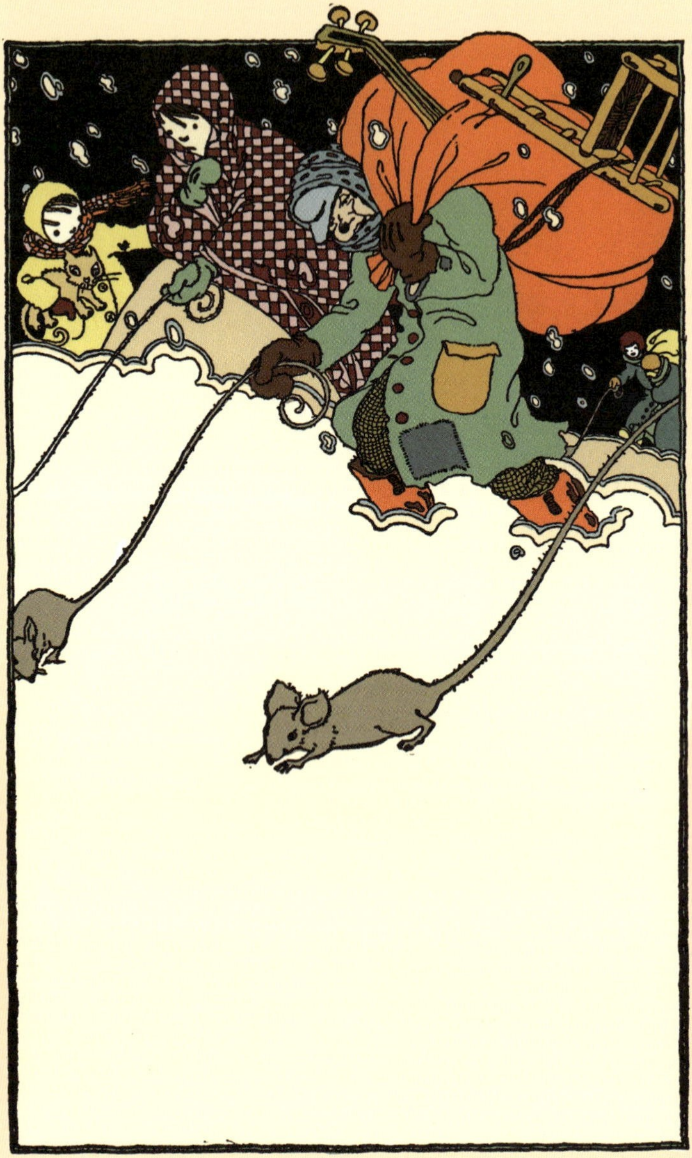

上下全是锈，最最特别的是，连它们长长的卷尾巴也生了锈。它们把鼻子钻进雪里，长长的卷尾巴高高地竖在雪地上，好让暴风雪中迷路的人紧紧抓住它们的尾巴，就像紧抓着扶手一样。

"暴风雪毫不停歇，狂风仍然卷起冰凌劈头盖脸地砸下来，人们紧紧握住生锈的老鼠长长的卷尾巴，终于走到了一个地方，就是如今奶油泡芙村的所在之处。多亏那几只生锈的老鼠救了他们的命，并且领着他们来到新村子落脚的地方。因此，现在村子中央的广场上立着一座'五只幸运鼠'雕像，雕像正是按照那五只生锈老鼠的样子做的——鼻子钻进雪里，长长的卷尾巴高高地竖在雪地上。

"这就是祖父给我讲的故事。他还说这是很久以前的事了，早在雪鸟戴上滑稽的小号懒人帽、穿上滑稽的小号懒人鞋之前，也早在雪鸟学会摘下懒人帽、学会脱下懒人鞋之前。"

"噢……"舅舅、舅公、叔叔、叔公其中一位说道。

"嗯……"另外三人说道。

细翅斯斯又说:"也许有朝一日,你们会走出肝片烩洋葱城,渡过洗发香波河,骑马穿越辽阔的高地原野,最终到达奶油泡芙村。到时候,你们会在村里找到一个小女孩,她非常爱她的舅舅、舅公、叔叔、叔公。

"如果你们客客气气地问她,她会把那双红舞鞋拿给你们看,舞鞋上各有一只金色的时钟,一个是赶早时看的,一个是晚到时看的。如果问得更客气些,她还会领着你们穿过大街小巷走到广场,带你们参观那座'五只幸运鼠'雕像,雕的就是那五只生锈的老鼠,它们长长的卷尾巴像扶手般竖在空中。那些尾巴卷得特别长,特别漂亮,你们一定会想走过去握住,看看会有什么好事发生在自己身上。"

2

五个关于土豆脸盲人的故事

主要角色： 土豆脸盲人
"今天来点冰吗"[1]
"爱打听"
莉芝·拉扎勒斯
西瓜月亮
扑克脸狒狒
热狗老虎
惠特森·温布尔
白金男孩
蓝银女孩
"给我斧"（再次登场）
ZZ 虫

---

[1] 今天来点冰吗（Any Ice Today）来源于 1926 年的一首流行音乐 "Any Ice Today, Lady"，是作者的戏作。

其他角色： 铲钱人

月亮上的白色大蜘蛛

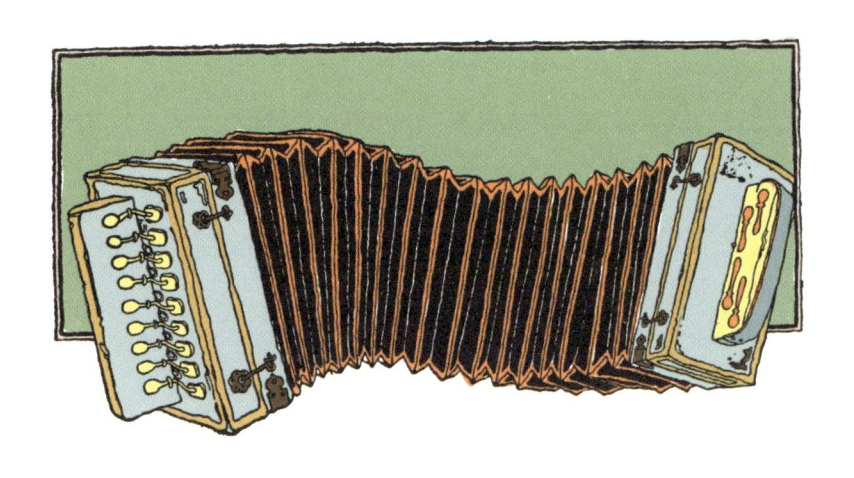

土豆脸盲人失去了他金色手风琴上的钻石兔子

从前,在肝片烩洋葱城,有一个土豆脸盲人,总在离邮局最近的街角拉手风琴。

"今天来点冰吗"走过来,说道:"看来它过去是一台18K镀金的手风琴,琴上镶满了贵重的古董钻石。它曾经是一台豪华气派的手风琴,可如今已经黯淡无光了。"

"噢，是的，噢，是的，它曾经表面全都镀着金，"土豆脸盲人说，"而且两个把手旁边各镶有一只钻石兔子，一共两只钻石兔子。"

"钻石兔子是什么样的？""今天来点冰吗"问道。

"耳朵、四肢、脑袋、脚爪、肋骨、尾巴，全都是钻石做的，钻石下巴枕在钻石脚指甲上，就是这么精致的钻石兔子。每当我演奏起美妙的曲子，让人们听得眼泪汪汪，我就抚摸着兔子枕在钻石脚指甲上的钻石下巴，感叹道：'好样的，小兔子，好样的，小兔子。'"

"是的，我听到了你说的话，但听起来像是梦话。我想知道，为什么你的手风琴看起来好像被人偷走卖进了当铺，赎出来之后又被偷走又卖进当铺，再赎出来再被偷走再卖进当铺。就这样一次又一次被偷走、卖进当铺、赎出，直到琴身上的镀金都剥落了，一副饱经风霜的样子。"

"噢，是的，噢，是的，你说得对。它确实不再是原来的模样了。它已经增长了许多阅历，正如我这个土豆脸盲人增长了许多阅历一样。"

"那给我讲一讲吧。""今天来点冰吗"说。

"其实说来简单。好比一个盲人在街上拉琴，让人们听得眼泪汪汪，不由自主地悲伤起来，当人们悲伤时，金子就会从琴身上剥落。又好比一个盲人一首接一首地演奏令人昏昏欲睡的曲子，像昏睡谷里催眠的长风，在他拉着琴沉入梦乡的时候，钻石兔子上的钻石就通通不见了。我拉了一首令人昏昏欲睡的曲子，然后昏昏入睡，等我醒过来，钻石兔子的钻石耳朵就不见了。我又拉了一首令人昏昏欲睡的曲子，然后又昏昏入睡，等我醒过来，钻石兔子的钻石尾巴也不见了。就这样，没过多久，钻石兔子的各个部分通通不见了，就连把手旁边兔子枕在钻石脚指甲上的钻石下巴，也都消失得无影无踪。"

"我能帮上什么忙吗？""今天来点冰吗"问。

"我能搞得定。"土豆脸盲人说，"如果我太过懊恼，我就弹奏那首令人昏昏欲睡的曲子，让昏睡谷吹出催眠的长风。那阵风会将我带向别处，在那里，我不缺时间也不缺钱，可以梦想许多台崭新精巧的手风琴，梦想许多间不同的邮局。无论有没有收到信，每个进出邮局的人都会驻足聆听，并且记住我这个土豆脸盲人。"

土豆脸盲人如何享受一个美好的春日早晨

一个星期五早晨,弗拉米韦斯特鸟高站在榆树上婉转悠扬地唱着,土豆脸盲人出来干活儿了。他坐在肝片烩洋葱城离邮局最近的街角,拉着他那台曾经金灿灿的手风琴,为那些去邮局给自己或家人拿信的人,演奏悦耳的音乐。

"今天是个好日子,一个幸运的日子,"土豆脸盲人说,"一大早,我就听到高高的榆树上传来弗拉米韦斯特鸟的叫声,它们站在长长的树枝上,在萧萧枝叶间婉转悠扬地唱着。于是,于是我也在我的手风琴上奏出同样的曲调,也那么婉转,也那么悠扬,仿佛我欢快的手风琴在婉转欢歌,又仿佛那萧萧的枝叶在萧萧作响。"

土豆脸盲人坐到椅子上。在外套袖子上,他系了一块吊牌,写着"我**也**盲了"。在外套最上面的一颗扣子上,他挂了一枚小小的顶针。在最底下的一颗扣子上,他挂了一只锡铜茶杯。在当中的一颗扣子上,他挂了个木头马克杯。在人行道靠他左手那边,他放了一个白铁的洗衣盆,而在人行道靠他右手那边,则放了一个铝制的洗碗盆。

"这是个好日子,一个幸运的日子,我确信,很多人会驻足聆听,并且记住我这个土豆脸盲人。"他的手指开始在手风琴的琴键间上下跳跃,同时轻轻地哼起一支小曲儿来,这支小曲儿就像榆树上萧萧枝叶的萧萧声那么悠扬。

这时"爱打听"走了过来。"爱打听"总是会问出一堆问题，急切地想知道答案。土豆脸盲人则滔滔不绝，逐一解答"爱打听"的疑问。于是，他们俩就这样有来有往，一问一答。

"你在手风琴上演奏的曲子，有时快，有时慢，有时悲伤，有时欢乐，这是一支什么曲子？"

"这是弗拉米韦斯特鸟妈妈唱的歌，它们给弗拉米韦斯特鸟宝宝解开冬衣扣子的时候，就会这么唱道：

飞吧，小小的弗拉米。
唱吧，小小的韦斯特。"

"为什么你外套最上面的一颗扣子上有一枚小顶针？"

"为了让人们投一毛钱钢镚儿的。有些人看到它就会说：'噢，我要用一毛钱钢镚儿把这个小顶针填满。'"

"那个锡铜茶杯又派什么用呢？"

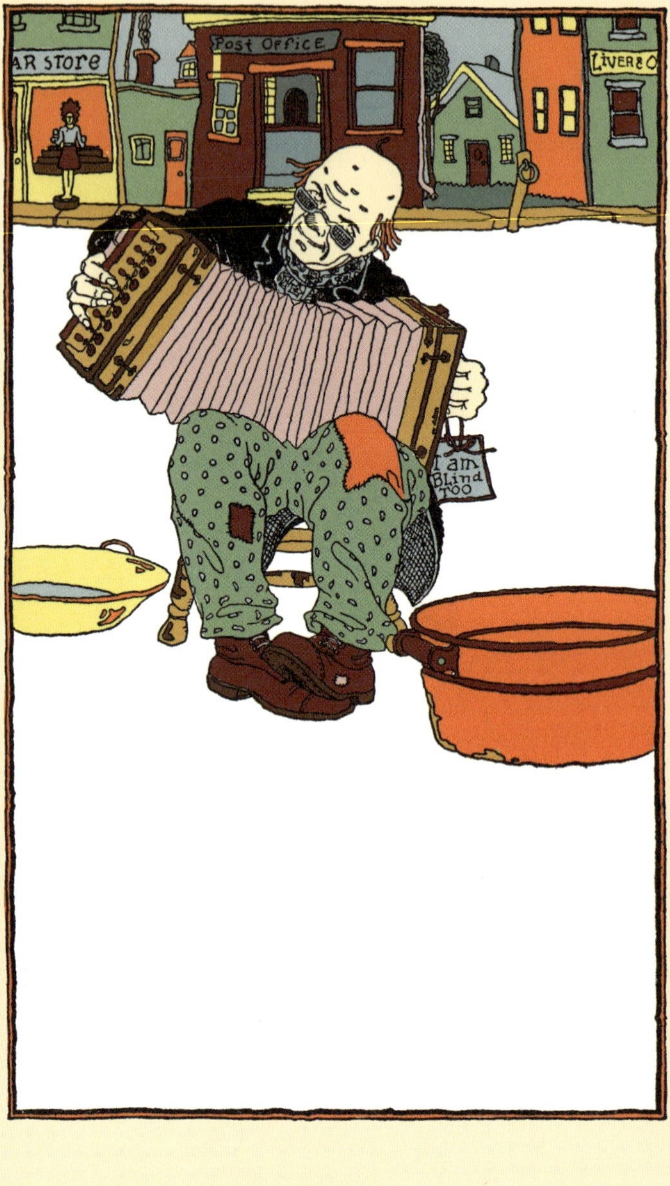
AR STORE
Post Office
LIVERY
I am Blind TOO

"那是专为棒球选手准备的,他们站在十英尺[1]开外,往茶杯里投五分、一分的钢镚儿。谁投进最多,谁的运气就最好。"

"那个木头马克杯呢?"

"木头马克杯的底部有个洞,跟整个杯底一样大的洞。钢镚儿一投进去就会掉出来。那是专为穷人准备的,他们也想给我一点钱,但如果给了之后还能拿回去就更好了。"

"那你把白铁洗衣盆和铝制洗碗盆摆在你左右手旁边,做什么用呢?"

"有朝一日,也许会发生这种事:每个进出邮局的人都会停下脚步,把他们身上所有的钱倒掉,因为他们担心自己的钱已经毫无价值了。如果这种事真的发生了,那么有个地方让他们倒钱也挺好的。这就是你看到我把白铁洗衣盆和铝制洗碗盆摆在旁边的原因。"

"解释一下你身上的吊牌吧——'我**也**盲了'。为

---

[1] 英尺是一种长度单位,1英尺约等于0.3米。

什么要这么写呢?"

"噢,'爱打听',我真不好意思告诉你我这么写的原因。人们从我身边经过,在邮局进进出出,其中的一些人呢,他们长着眼睛,却视而不见。他们只盯着自己前进的方向,只走向自己要去的地方,却忘了自己为何而来,又该如何离开。他们就和我一样,是盲了的难兄难弟啊。所以我专门为他们写了这块吊牌:'我**也**盲了'。"

"你解答了我所有的疑问,谢谢你。""爱打听"说道。

"再见。"土豆脸盲人说。他拉起手风琴,奏出萧萧枝叶在萧萧作响的曲调。伴着琴声,他又唱起了弗拉米韦斯特鸟妈妈唱的歌,就是它们为鸟宝宝解开冬衣时唱的那支歌。

扑克脸狒狒和热狗老虎

绿色的边边,红色的瓤儿,黑色的籽嵌在红瓤上。在鲁特伯格国,当月亮变成这个样子,人们就管它叫"西瓜月亮"。西瓜月亮出现的时候,就会发生意想不到的事情。

曾经有一个晚上,天上明晃晃地出现了一轮西瓜月亮。莉芝·拉扎勒斯用一根粉红色的绳子,牵着扑克脸狒狒和热狗老虎,一起上楼去找土豆脸盲人。

"你看,它们都穿好了睡衣,"她说,"它们今晚和你一起睡,明天当你的吉祥物,和你一起去干活儿。"

"怎么当吉祥物?"土豆脸盲人问。

"它们是吉祥的使者。如果你有好运气,它们会让你好运连连;如果你运气不佳,它们会让你逢凶化吉。"

"我听见了你的话,也明白了你的意思。"

于是,第二天早上,土豆脸盲人来到肝片烩洋葱城离邮局最近的街角,坐下来开始拉他的手风琴。在人行道上紧挨着他左手边,坐着扑克脸狒狒;在人行道上紧挨着他右手边,则坐着热狗老虎。

它们悄无声息,如同玩偶,仿佛真是用木头雕出、纸片糊成,再涂上颜色的一样。扑克脸狒狒的眼中流露着迷茫,热狗老虎的眼中则闪烁着渴望。惠特森·温布尔,就是那位拥有衣服绞干机专利的工厂主,刚好坐着他那辆不用马儿拉的豪华轿车经过。他舒服地靠在皮质座椅软垫上。

"在这儿停车。"他对开车的私人司机命令道。

然后，惠特森·温布尔就坐在车里端详起来。他先看向扑克脸狒狒的眼睛，看出了那份迷茫；又看向热狗老虎的眼睛，看出了那份渴望。接着他看向土豆脸盲人涂画的牌子，上面写着：

你看向它们，就能看见它们；而我看向它们，却什么也看不见。你能读到它们眼中的讯息，我却只能抚摸它们的毛发。

看完，惠特森·温布尔命令开车的私人司机说："往前开吧。"

十五分钟之后，一个穿着背带裤的男人推着一辆手推车沿着大街走过来。他在土豆脸盲人、扑克脸狒狒和热狗老虎的面前停了下来。

"那个铝制的洗碗盆在哪儿？"他问。

"在人行道上靠我右手那边。"

"那个白铁的洗衣盆又在哪儿？"

"在人行道上靠我左手那边。"

于是，穿背带裤的男人拿出铲子，把手推车里的银币铲出来，倒进铝制洗碗盆里，又倒进白铁洗衣盆里。他倒了一铲又一铲，直到铝制洗碗盆装满了，白铁洗衣盆也装满了，才把铲子放回手推车，再推车沿着大街走回去。

当天晚上六点，"爱打听"来了。土豆脸盲人对他说："今晚我得把一大堆沉甸甸的钱搬回家。满满一铝制洗碗盆的银币，还有满满一白铁洗衣盆的银币。所以我要请你帮忙，你能帮我照看扑克脸狒狒和热狗老虎吗？"

"没问题，""爱打听"说，"我会的。"

他果真说到做到。他用一根粉红色的绳子系住它们的腿，把它们带回了家，安置在柴房里。

扑克脸狒狒在柴房北边角落里的一堆软煤上面睡着了，就连熟睡的时候，它的面庞上也还流露着迷茫。它悄无声息，像一只玩偶，一只黑色皮肤上涂着丛林般茂密的棕色毛发、棕色面庞上画了个黑色鼻子的玩偶。热狗老虎在柴房南边角落里的一堆硬煤上面睡着了,就连熟睡的时候,它的睫毛上也还闪烁着渴望。它悄无声息,像一只玩偶,一只黄色肚皮上涂着黑色条纹、黄色的长尾巴尖上画了个黑色斑点的玩偶。

到了早上,柴房里空空如也。"爱打听"告诉土豆脸盲人:"它们留下了一张亲笔字条,那张香喷喷的粉色纸笺上写着这么一句话:'吉祥物不会长伴您的左右。'"

因此,这么多年来,土豆脸盲人都有花不完的银币。也因此,在鲁特伯格国,很多人都睁大了眼睛,留心观察天上是否出现了西瓜月亮,那种有绿色的边边、红色的瓤儿、黑色的籽嵌在红瓤上的西瓜月亮。

土豆脸盲人的月亮雪橇之梦

十月的一个早晨,土豆脸盲人坐在离邮局最近的街角那儿。

"今天来点冰吗"走过来说:"到了一年之中悲伤的日子了。"

"悲伤?"土豆脸盲人问道。他把手风琴从右膝上换到左膝上,随着他在琴键上摸索弹奏的曲调轻声哼唱:"早晨真欢快,鸟儿衔豆来。"

"是啊,""今天来点冰吗"说,"每年的这个时候,树叶由绿变黄,干枯的叶子从枝头凋落,风儿吹着落叶,落叶唱起这么一支歌来:'嘘,宝贝,嘘,宝贝。'风儿吹啊吹,落叶飘啊飘,漫天飘扬的落叶,就像天空中飞满了忘记自己歌喉的鸟儿,这番景象,难道不令人悲伤吗?"

"既悲伤又不悲伤。"这是土豆脸盲人的回答。

"听我说,"土豆脸盲人说,"对我而言,每年的这个时候,正是我的白月亮雪橇梦复苏的时候。离第一场雪纷扬落下还有五个星期的时候,我就会做起这个梦。梦里说:'黑色的树叶正在凋落,落叶漫天飘扬,但再过五个星期,每一片飘零的黑色树叶都会带来一千朵晶莹闪耀的白色雪花。'"

"你的白月亮雪橇梦是什么样的?""今天来点冰吗"问。

"第一次梦到它的时候,我还是个小男孩,那时我的运气还没有变坏,眼睛也还看得见。我看见月亮上有一些白色大蜘蛛正在忙得团团转，爬上爬下，嗞嗞地吐丝，又咻咻地吸气。我看了好长时间，才看明白这些月亮上的白色大蜘蛛在做什么动作。我又看了好长时间，才看出来它们在编织一辆长长的雪橇，一辆白色的雪橇，洁白又柔软，就像雪一样。它们嗞嗞地吐丝，咻咻地吸气，爬上又爬下，过了好长时间，雪橇终于做好了。这辆雪白的雪橇可以从月亮上滑下来，一直滑到鲁特伯格国。

"滑呀滑呀，坐着这辆雪橇从月亮上滑下来的，是许多白金男孩和许多蓝银女孩。他们滚落在我的脚边，因为，你瞧，他们的雪橇刚好就停在我的脚边。我俯下身，捡起这些从雪橇里滚出来落在我脚边的白金男孩和蓝银女孩。我捡起满满的一捧，捧在手心里，跟他们说话。不过呢，你知道，每当我试着合拢手掌来留住他们的时候，他们就会嗞嗞咻咻地吐气吸气，然后从我的指缝间蹦出去。有一次，我的左手大拇指上沾了一些金银粉末，原来他们从我手中溜之大吉的时候，随着嗞嗞的吐气喷出来了金色的尘、银色的屑。

"有一次，我还听见一个白金男孩和一个蓝银女孩在说悄悄话。他们站在我右手小拇指的指尖上，轻声细气地说着。一个说：'我拿到了南瓜，你拿到了什么？'另一个说：'我拿到了榛子。'又听了一会儿，我才明白，原来世界上还有数不清的小南瓜和数不清的小榛子，它们实在太小太小了，小到你我都看不见。然而，这些来自月亮的孩子却看得一清二楚。每次他们乘坐雪橇从月亮上滑下来，总要把口袋装得满满当当的再回去，装的东西都太小太小了，小到我们从来都看不见。"

"这些孩子真奇妙啊！""今天来点冰吗"说，"那你能不能告诉我，他们坐雪橇滑下来之后，要怎么回到月亮上去呢？"

"噢，容易得很，"土豆脸盲人说，"他们滑回月亮上就像滑下来一样容易。对他们来说，往上滑和往下滑没有区别。白色大蜘蛛在唑唑吐丝、咻咻吸气地织雪橇的时候，早就这样安排好了。"

"给我斧"打听Z字形铁路的故事

有一天,"给我斧"自言自语道:"今天我要去邮局周围逛逛,四处看看。也许我会听说昨晚在我睡觉时发生了什么事。没准儿有一个警察,哈哈大笑时不小心掉进了蓄水池,爬上来时顺手捞起来一辆手推车,车里装满了披金戴银的小金鱼。谁知道呢?没准儿月亮上的男人走下通往地窖的楼梯,为月亮上的女人拿一罐白脱牛奶,好让她喝了就停止哭泣;也许他从楼梯上摔了下来,打破了装白脱牛奶的罐子,然后大笑着捡起碎片,自言自语道:'一片、两片、三片、四片,管理得最好的家庭也会发生点意外啊[1]。'谁知道呢?"

于是,"给我斧"带着满脑子简单而新奇的念头,走进后院花园,欣赏着初夏盛开的各种花色的领带虞美人。然后,他摘下其中一朵,像打领带一样围在脖子上,就这么走进城里,在邮局周围逛逛,四处看看。

"打上一条领带,体面而又气派,四处走走看看,这真令我愉快。""给我斧"说,"这条领带上还有个图案,像是一匹白脸的小马,恰好落在一只在月光下游泳的绿青蛙背上。"

于是他进了城。这是他第一次见到土豆脸盲人坐在离邮局最近的街角拉手风琴。他向土豆脸盲人请教,鲁特伯格国的铁路为什么是曲曲折折的Z字形。

---

1 这里是借用狄更斯著名小说《大卫·科波菲尔》里的名句。

"很久很久以前,"土豆脸盲人说,"那时候,人们的后院还没长出领带虞美人;那时候,也还没有你这种花色的领带虞美人——图案是一匹白脸的小马恰好落在一只在月光下游泳的绿青蛙背上的领带。在那遥远的过去,人们铺设铁路的时候,都把铁轨铺得笔直笔直的。

"后来,ZZ虫来了。它是一种小虫子,总是用Z字形的腿走Z字形的路,用Z字形的牙齿Z字形地啃食物,还用Z字形的舌头吐Z字形的口水。

"数不清的ZZ虫,头上顶着Z字形的触角,腿上长着Z字形的触须,雄赳赳气昂昂地来了。它们迈开Z字形的腿跳上钢轨,用Z字形的牙撕扯,用Z字形的舌头吐口水,直到它们把轨道和钢轨全都拧成了Z字形,整条铁路也就变成了Z字形铁路。这么一来,无论是客运火车还是货运火车,都只能曲曲折折地行驶,按照Z字形路线前进了。

"随后,ZZ虫悄悄溜到田野里,躺在它们特制的Z字形床上,盖上Z字形的毯子,在那里睡起觉来。

"第二天，铲工带着他们的铲子来了，整平工带着他们的蓝图来了，送水工也带着水桶和水勺来了，等铲工们把铁路铲直，送水工就舀水给他们喝。我差点忘了说，蒸汽吊车的操作工也来了，他们发动蒸汽吊车，操纵着它把铁路修直。

"他们干得非常卖力，把铁路重新铺得笔直笔直的。他们端详着自己的劳动成果，一边自我表扬，一边互相夸奖道：'大功告成——我们做到了。'

"第三天早上，那些ZZ虫睁开它们Z字形的眼睛，朝铁路和上面铺的钢轨望去，发现整条铁路又变直了。铁路上的钢轨啦，枕木啦，轨道钉啦，也通通变直了，ZZ虫急得连早餐都顾不上吃了。

"它们跳下Z字形的床，迈开Z字形的腿跳上钢轨，又是撕扯，又是吐口水，直到它们把那些钢轨啦，枕木啦，轨道钉啦，又全都拧回了曲曲折折的Z字形，就是字母表最末位的那个Z。

"完事之后，ZZ虫回去吃早餐了。就像那些铲工、整平工、送水工和蒸汽吊车操作工那样，它们一边自我

表扬,一边互相夸奖道:'大功告成——我们做到了。'

"所以,这就是鲁特伯格国的铁路变成 Z 字形的原因,是 ZZ 虫干的。""给我斧"说。

"没错,就是 ZZ 虫干的,"土豆脸盲人说,"我听到的故事就是这么讲的。"

"是谁讲给你听的?"

"两只小 ZZ 虫。在一个寒冷的冬夜,它们来找我,在我的手风琴里睡觉。因为音乐的缘故,冬天手风琴里也暖洋洋的。到了早上,我说:'早上好呀,ZZ 虫,你们昨晚睡得好不好?有没有做个好梦?'它

们吃过早餐,就给我讲了这个故事。两只小 ZZ 虫的故事都讲得拐弯抹角的,拐来拐去,拐成了一个殊途同归的故事。"

3

三个关于金色鹿皮硝子[1]的故事

主要角色： 布莉希·宾博

彼得土豆开花愿

"跳蚤吉米"

西拉斯·巴克斯比

弗里茨·阿克斯森巴克斯

詹姆斯·西克斯比克斯迪克斯

蓄水池清理工杰森·史奎夫

宾博太太

破烂汉哈巴库克

---

[1] 这里是作者玩的一个文字谐音游戏。whincher 是作者编造的词，拼写、发音都与 whistle（哨子）相似，因此此处根据字形和发音都相近的思路译为"硝子"。

其他角色： 两只蓝老鼠
　　　　　马戏团的人
　　　　　出租车司机
　　　　　电影明星

布莉希·宾博和有魔力的金色鹿皮硝子

从小到大，布莉希·宾博都很迷信。看到地上有一块马蹄铁，她准会捡回家，用丝带打个结，挂在自己房间的墙上[1]。她会从指缝间、从胳膊底下看月亮，也会扭着脖子从右肩看月亮，但她从来不会扭着脖子从左肩看月亮[2]，绝不。无论谁说起什么关于土拨鼠的

---
1 在西方民俗中，捡到马蹄铁代表交了好运，悬挂在家中能驱走厄运。
2 在马克·吐温的著名小说《哈克贝利·费恩历险记》中，主人公曾说："从左肩一侧回头去看新月，是人人都会干的最莽撞最愚蠢的事情之一。"

事情，她都洗耳恭听。对于二月二日土拨鼠出洞时有没有看见自己的影子[1]，她也十分上心。

如果梦见了洋葱，她就知道第二天她会找到一把银勺子。如果梦见了鱼，她就知道第二天将会遇到一个直呼她名字的陌生男人。从小到大，布莉希·宾博都很迷信。

故事发生在她十六岁那年，她已经长成亭亭玉立的姑娘，穿着垂到鞋面的长裙。她正要去邮局，看看她的闺中密友彼得土豆开花愿有没有寄信来，或者她的至交好友"跳蚤吉米"有没有寄信来。他们的友谊一直很稳固。

"跳蚤吉米"是个攀爬高手。他爬过摩天大楼、旗杆和烟囱，是一个有名的高空作业工人。布莉希·宾博之所以喜欢他，一小部分是因为他擅长攀爬，但更多是因为他擅长吹口哨。

---
[1] 二月二日是北美地区的土拨鼠日，如果这天土拨鼠出洞看见了自己的影子，那么还要六个星期冬天才会结束；如果这天土拨鼠看不见自己的影子，那么春天很快就会来临。

每当布莉希对吉米说,"我很忧伤,快吹口哨赶走我的忧伤吧",吉米就会自然而然地吹起口哨,直到布莉希的忧伤在不知不觉中烟消云散。

就在去邮局的路上,布莉希看见了一枚金色的鹿皮硝子。它就躺在人行道中央。这个硝子从何而来,又为什么出现在这里,布莉希对此一无所知,也不曾有人告诉过她。"这是交好运了。"她一边自言自语,一边飞快地捡起了硝子。

于是,她把硝子带回家,用一条细细的项链穿起来,戴在脖子上。

金色的鹿皮硝子跟常见的普通硝子可不一样,然而,布莉希对此一无所知,也不曾有人告诉过她。金色的鹿皮硝子有一种魔力。如果有什么东西用魔力控制了你,那么,你会不知不觉变得身不由己。

就这样,布莉希·宾博戴着一条细细的项链,项链上挂着那枚金色的鹿皮硝子。金色的鹿皮硝子有一种魔力,并且这魔力时刻在发挥作用,布莉希却对此一无所知。

"当你遇到第一个名字里有'克斯'的男人,你会深深地爱上他。"金色鹿皮硝子里潜藏的魔力发出了指示。

在魔力的控制下,布莉希·宾博明明已经走出邮局,又停下脚步,折回去问那个邮局窗口的职员,是不是真的没有她的信。因为那个职员的名字恰好就叫西拉斯·巴克斯比。他和布莉希·宾博甜蜜地交往了六个星期,他们一起跳舞,一起坐干草车兜风,一起去野餐。

与此同时,金色鹿皮硝子的魔力一直在发挥作用。它挂在布莉希·宾博戴的细项链上,时时刻刻控制着她。它又发出了指示:"接下来,当你遇到名字里有两个'克斯'的男人,你就会抛开一切,深深地爱上他。"

于是,她遇到了一位高中校长。他的名字叫弗里茨·阿克斯森巴克斯。布莉希不敢直视他的眼睛,却露出含情脉脉的微笑。他们也甜蜜地交往了六个星期,一起跳舞,一起坐干草车兜风,一起去野餐。

"你为什么会和他在一起?"她的亲戚们问道。

"他似乎有一种魔力。"布莉希回答,"让我情不自禁——那确实是魔力。"

"他的一只脚比另一只脚大哎,你怎么能和他在一起呢?"亲戚们又问。

她只能说:"那确实是魔力。"

当然了,与此同时,布莉希戴的细项链上的金色鹿皮硝子一直在控制着她。它再次指示道:"当这个女孩遇到名字里有三个'克斯'的男人,她准会深深地爱上他。"

那天晚上,她在广场音乐会上遇到了詹姆斯·西克斯比克斯迪克斯。那真是一发不可收。布莉希不敢直视他的眼睛,却露出含情脉脉的微笑。他们同样甜蜜地交往了六个星期,一起听音乐会,一起跳舞,一起坐干草车兜风,一起去野餐。

"你为什么要和他在一起呢?他只会玩音乐。"亲戚们纷纷对她说。

她只好回答:"那是种魔力,让我情不自禁。"

后来有一天,她低下头靠近雨水蓄水池,去听水滴的回声。忽然,她戴的细项链上的金色鹿皮硝子滑落下来,掉进了雨水里。

"我的好运溜走了。"布莉希说。接着她走进屋里,打了两个电话。一个打给了詹姆斯·西克斯比克斯迪克斯,告诉他当晚的约会取消;另一个则打给了"跳蚤吉米",就是那个攀爬高手,那个高空作业工人。

在电话里,她对"跳蚤吉米"说道:"来吧——我很忧伤,我希望你能吹口哨赶走忧伤。"

因此,如果你碰巧看见一枚金色的鹿皮硝子,可要小心了。它有一种魔力。或许,它会让你爱上你遇到的第一个名字里有"克斯"的男人。又或许它会引发其他的怪事,因为不同的硝子具有不同的魔力。

杰森·史奎夫和他的爆米花帽子、爆米花手套、爆米花鞋子

杰森·史奎夫是一名蓄水池清理工。他有一头又黄又绿的头发。他在蓄水池里一桶一桶地清理污物和淤泥的时候,你往蓄水池里一看,立刻就能发现他在哪儿。他那头黄绿色的头发亮闪闪的,十分显眼,你一眼就能从幽暗的蓄水池里认出来。

有时候,他正在忙活着呢,桶翻倒了,污物和淤泥扣在他脑袋上,从头顶一路流下来,盖住了他黄绿色的头发。这么一来,就很难发现他在哪儿,也很难从幽暗的蓄水池里认出他来了。

杰森·史奎夫来到宾博家门前,敲了敲门。

"我没误会您的意思吧,"他对宾博太太(也就是布莉希·宾博的妈妈)说,"您让我来清理后院的蓄水池,我没会错意吧?"

"一点也没错,"宾博太太说,"欢迎你,就像欢迎春天盛开的鲜花,嗒啦啦。"

"那我就去干活儿,去清理蓄水池啦,嗒啦啦。"他对宾博太太回答道。"我正是您要找的人,嗒啦啦。"他又补充了一句,一边用他漂亮的手指梳理着他那亮闪闪的黄绿色的头发。

他动手清理起蓄水池来。布莉希·宾博走进后院,低头看向蓄水池内。那里面光线幽暗,什么也看不见,只有漆黑一片。渐渐地,她依稀看到了什么黄绿色的东西。她盯着它看,很快就认出那是杰森·史奎夫的脑袋和头发。这下她明白了，有人在清理蓄水池，而那个正在卖力干活儿的人就是杰森·史奎夫。于是，她哼着欢快的"嗒啦啦"转身回了屋。

杰森·史奎夫眼前的污物和淤泥，只要再装一桶就能清理完了。他眯起眼睛，看向池底，那里有个东西在闪闪发亮。他把手伸进污物和淤泥，掏出了那个亮晶晶的东西。

原来是布莉希·宾博失去的那枚金色鹿皮硝子。上个星期，她低头查看蓄水池时，金色鹿皮硝子从她戴的细项链上滑落下来，掉了进去。正是同一枚金色鹿皮硝子，熠熠生辉，如同幸福的标志。

"交好运了！"杰森·史奎夫说着，在黄绿色的头发上擦了擦手。然后他把金色鹿皮硝子放进工装马甲的口袋，又对自己嘟囔了一句："交好运了。"

那天晚上六点刚过，杰森·史奎夫走进门，回到家，跟妻子和女儿们打了个招呼，她们全都放声大笑起来，笑得像被人挠了痒痒一样。

"什么事情这么好笑？"他问。

"好笑的不就是你嘛!"她们又放声大笑起来,笑得像被人挠了痒痒一样。

于是她们就指给他看:他的帽子变成了爆米花帽子,手套变成了爆米花手套,鞋子也变成了爆米花鞋子。他不知道金色鹿皮硝子有一种魔力,并且这魔力时刻发挥着作用。他也不知道,那枚装在他工装马甲口袋里的金色鹿皮哨子发出了指示:"你的名字里有个'奎'字,名字里的'奎'给你带来了快乐和幸福,因此你得穿戴着爆米花帽子、爆米花手套和爆米花鞋子。"

第二天早上,他换上另一顶帽子、另一双手套和另一双鞋子。可他才刚刚穿戴完毕,帽子、手套和鞋子马上又变成了爆米花。

他试遍了他所有的帽子、手套和鞋子,无一例外,只要穿戴到他的身上,那些帽子、手套和鞋子就会马上变成爆米花。

他去了城里的商店,买了一顶新帽子、一双新手套和一双新鞋子。等他穿戴上身,新帽子、新手套和新鞋子还是马上变成了爆米花。

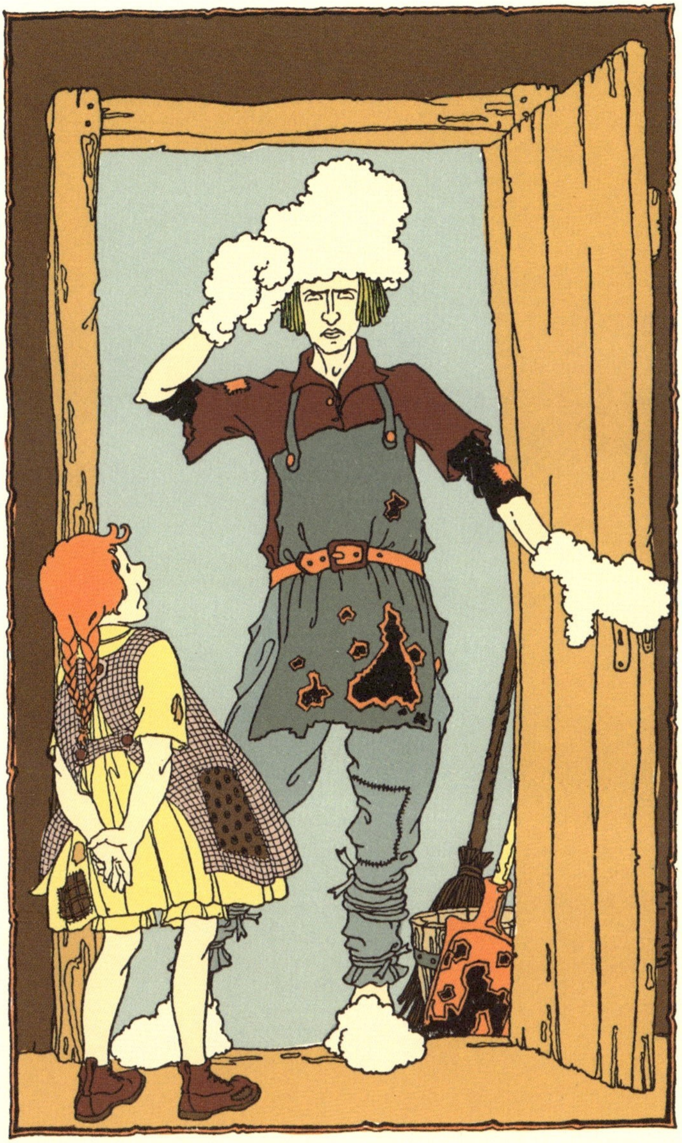

于是，他索性戴着爆米花帽子、爆米花手套，穿着爆米花鞋子，去干他那份清理蓄水池的活儿。

肝片烩洋葱城的人们可喜欢看他出门干活儿的样子了。哪怕隔着五六条街，人们都能看见他顶着爆米花帽子、戴着爆米花手套、踩在爆米花鞋子上，来来往往，忙进忙出。

孩子们喜欢俯向蓄水池，看他在蓄水池里干活儿的样子。如果没有什么污物和淤泥掉到他的帽子和手套上，一眼就能看见他在哪儿。白色的爆米花明晃晃的，把整个蓄水池里头都照亮了。

当然了，有时白色的爆米花上难免会沾满黑乎乎的污物和淤泥，这样一来，等杰森·史奎夫从蓄水池里上来、收工回家的时候，他就没那么白亮显眼，那么引人注目了。

对杰森·史奎夫而言，这个冬天真是莫名其妙。

"这可真离谱，简直太离谱了，"他自言自语道，"现在我再也不能清净一会儿了。我走在街上，人人都在看我。

"要是遇到送葬的队伍,连抬棺人都忍不住笑话我的爆米花帽子。要是遇到结婚的队伍,他们就把米一股脑儿撒到我身上[1],好像新娘和新郎都让我一个人当了似的。

"无论我走到哪里,马儿总想啃我的帽子。今年冬天已经被它们吃掉三顶帽子了。

"而且,要是我一不小心把手套掉在地上,马上就有几只小鸡冲过去啄它,把它吃掉。"

后来,杰森·史奎夫的想法变了。他开始感到自豪。

"我一直想要一顶漂亮又雪白的帽子,就像这顶白色爆米花帽子一样。"他对自己说,"我也一直想要一双漂亮又雪白的手套和一双漂亮又雪白的鞋子,就像这些爆米花手套和爆米花鞋子一样。"

孩子们冲着他起哄,嚷嚷着:"雪人!呀——嘚哒——嘚哒,雪人!"他只是举起手臂,向他们挥手致

---

[1] 在西方婚礼中,宾客们会向新人身上抛洒大米,以示祝福。

意，表示对自己这副模样十分自豪。

"大家都很关注我呢，"他自言自语，"我真是气派不凡——可不嘛？"

他把右手塞进左手心，自己跟自己握了个手，说道："你看起来可真是仪表堂堂。"

有一天，他决定扔掉他那件工装马甲，而马甲口袋里正装着那枚金色的鹿皮硝子，它的魔力时刻在发挥作用，魔力指示道："你的名字里有个'奎'字，名字里的'奎'给你带来了快乐和幸福，因此你得穿戴着爆米花帽子、爆米花手套和爆米花鞋子。"

是的，他扔掉了那件工装马甲。马甲里放着那枚金色鹿皮硝子的事情，他已经忘得一干二净了。

他把马甲给了一个捡破烂的人，那人拿到马甲，连同马甲口袋里那枚金色鹿皮硝子，一道塞进背上的袋子里，然后走开了。

从此以后，杰森·史奎夫又变回了普通人。他的帽子再不会变成爆米花帽子，手套再不会变成爆米花手套，鞋子也再不会变成爆米花鞋子了。

每当看到他在蓄水池里忙着清理时,或者看到他穿过大街小巷时,人们又会凭他那头亮闪闪的黄绿色头发认出他来。

因此——如果你的名字里有个"奎"字,万一碰巧看见一枚金色的鹿皮硝子,你可要小心了。记住,不同的硝子具有不同的魔力。

破烂汉哈巴库克、
两只蓝老鼠和付现钞的马戏团的人

　　破烂汉哈巴库克要回家了。他忙完了一天的活计，太阳已经落山，街灯开始点亮。小偷们纷纷出动，上起他们的"夜班"。这样的时间，对一个老实本分的捡破烂的人来说，不宜再去挨家挨户地敲着门问"有破烂吗？"，或者问"有破烂吗？有空瓶吗？有骨头吗？"，又或者问"有破烂吗？有空瓶吗？有骨头吗？有废铜烂铁吗？有破得谁也没法再穿的旧鞋子吗？有旧衣服吗？旧外套、旧裤子、旧马甲？你有什么样的旧衣服我都要"。

是的，破烂汉哈巴库克要回家了。在他背上的麻袋里，鼓鼓囊囊地装了一大堆破烂，最顶上鼓出来的那一大块，是一件旧马甲，正是那件被杰森·史奎夫扔出门外，扔给了破烂汉哈巴库克的旧马甲。马甲口袋里还装着那枚具有魔力的金色鹿皮硝子。

就这样，破烂汉哈巴库克像往常一样回了家，坐下来吃晚餐。也像往常一样，他咂巴着嘴，享用了一顿丰盛的鱼肉晚餐。然后，他走进后院堆破烂的小棚屋，打开装破烂的麻布袋，把东西一样一样拿出来整理归类，就像他平日里回家打开麻布袋，把东西逐样整理归类那样。

他最后拿出来整理归类的，就是那件口袋里装着金色鹿皮硝子的马甲。"穿上吧——真是个好东西，"他看着马甲说，"是一件幸运马甲呢。"于是，他把右胳膊穿进右边袖孔里，左胳膊穿进左边袖孔里。这么一来，他的两只胳膊都套进了旧马甲的袖孔里，这件旧马甲就成了他的新衣服。

第二天早上，破烂汉哈巴库克吻别了他的太太，吻别了他十八岁的女儿，又吻别了他十九岁的女儿。他就像往常一样，匆匆忙忙地和她们逐一吻别，逐一说着："即使不能更快我也会尽快回来，一回来我就回家来。"

是的，破烂汉哈巴库克出门去了。他刚一离开家，走到街道上，奇怪的事情就发生了。他的左肩上站了一只蓝老鼠，他的右肩上也站了一只蓝老鼠。直到他转头看见时才发现它们。

它们就在那儿，紧挨着他的耳朵。他能感觉到老鼠的胡须尖儿贴着他的两只耳朵。

"我捡了一辈子破烂，还没遇到过这样的怪事呢！"他说，"两只蓝老鼠，紧挨我的耳朵站着，明明知道我会留心听它们对我说的话，它们偏偏一声也不吭。"

于是，破烂汉哈巴库克走过了两条街、三条街、四条街，他眯起右眼瞟着右肩上的蓝老鼠，眯起左眼瞟着左肩上的蓝老鼠。

"要是我站在人家的肩膀上，胡须尖儿贴着人家的耳朵，我总归会说点什么给人家听听的。"他喃喃道。

当然了，他不知道这是金色鹿皮硝子的魔力在发挥作用。他还穿着那件马甲，在马甲口袋里，那枚金色鹿皮硝子的魔力指示道："你的名字里有两个'K'打头的字，因此得有两只蓝老鼠站在你肩膀上，一只蓝老鼠紧挨着你的右耳，一只蓝老鼠紧挨着你的左耳。"

这天生意真好。破烂汉哈巴库克从来没有捡到过这么多破烂。

"下次再来哦！你和你那两只幸运的蓝老鼠，要再来哦。"人们这么对他说。他们翻遍了地窖和阁楼，找出好多空瓶、废铜烂铁、旧鞋子、旧衣服，像是外套啦，裤子啦，马甲啦，通通都拿给他。

每天早晨，他走在大街上，两只蓝老鼠就一左一右地站在他的肩头。它们的眼睛忽闪忽闪地注视前方，嘴里嚼着自己的胡须，经常挠得老破烂汉哈巴库克的耳朵痒痒的。有时候,女人们特地跑到门廊上来看他,说着:"哟,这不就是那个古怪又神秘的破烂汉嘛,这不就是那两只古怪又神秘的蓝老鼠嘛!"

那枚金色鹿皮硝子不断地发挥魔力。它指示道:"只要老破烂汉哈巴库克一直收留这两只蓝老鼠,他就会继续交好运。但是呢,如果他卖掉了其中一只蓝老鼠,他的一个女儿就会和出租车司机结婚;如果他把另一只蓝老鼠也卖掉,他的另一个女儿就会和电影明星结婚。"

后来,可怕的事情发生了——来了个马戏团的人。"我给你一千块现钞,买你的一只蓝老鼠,"他凭借三寸不烂之舌游说道,"如果两只蓝老鼠一起卖,我就给你两千块现钞。"

"让我看看,两千块现钞码起来有多大一堆,一个麻布袋装不装得下,一个人能不能背回家。"破烂汉哈巴库克这么回答。

马戏团的人前往银行,取回了现钞。

"这些绿背纸币[1]现钞，是用最好的绸缎料子做的，由国家政府发行，供全国流通使用，能让生意兴隆、经济繁荣。"马戏团的人凭借他的三寸不烂之舌游说着。

"最——好——的——绸——缎——料——子——哦。"他伸出两根手指，在破烂汉哈巴库克的鼻子下晃了晃，继续游说道。

"成交了，"破烂汉哈巴库克说，"成交了。这可是满满一麻布袋的绿背纸币现钞呢。我会告诉我太太，这些钱由国家政府发行，供全国流通使用，能让生意兴隆、经济繁荣。"

接着，他吻了吻右耳边的那只蓝老鼠，又吻了吻左耳边的那只蓝老鼠，把它们都递给了马戏团的人。

就这样，过了一个月，他那十八岁的女儿就和出租车司机结婚了。这位司机对待乘客彬彬有礼，可就顾不上对自己的太太好声好气了。

---

[1] 绿背纸币指美国南北战争时期，政府发行的一种背面印刷成绿色的纸币，它也由此被称为"绿背纸币"。因由林肯总统批准，它也被称为"林肯绿币"。卡尔·桑德堡写作这部童话的同一时期，也在撰写林肯的传记。

就这样，他那十九岁的女儿和电影明星结婚了。这位电影明星在电影里用尽全力扮演体贴善良的角色，等他忙完一天回到家，留给太太的体贴善良可就所剩无几了。

后来，那个出租车司机还从破烂汉哈巴库克手中偷走了幸运马甲，就是那件装着金色鹿皮硝子的马甲。

4

四个关于黑暗门廊的暗黑命运的故事

主要角色： 布娃娃

扫帚柄

"勺舔舔"

"锡敲敲"

"巧克力下巴"

"脏围兜兜"

"干净耳朵"

"怕挠痒"

"喝汤乐队"

"圆憨憨"

"困脑袋"

布林克、斯温克、金克

布兰克、斯万克、姜克

雪人史努福

斯尼格斯太太

伊塔·佩卡·派

米尼·麦尼

麦尼·莫

马铃薯虫百万富翁

小家伙宾波

"徒步客"贝沃

一个区议员

一个仓库主管

一个疫苗接种负责人

一个气象专家

一个交警

一只猴子

一个寡妇

一个做伞柄的人

布娃娃和扫帚柄的婚礼入场式

布娃娃有很多朋友，比如小笤帚、壁炉铲、咖啡壶，他们都很喜欢布娃娃。

可是，布娃娃选择的结婚对象却是扫帚柄，因为扫帚柄治好了她的眼睛。

有一天，一个自以为是又十分莽撞的孩子，把布娃娃的脑袋使劲往门上敲，敲得她的两只玻璃眼珠都脱落了，那是早先缝到她脸上的两只玻璃眼珠。还好，扫帚柄找到了两颗加州黑梅，并将它们嵌到布娃娃眼睛的位置上。如此一来，布娃娃就有了一双乌黑发亮的新眼睛。有些人甚至给她取了个绰号叫"黑眼睛"。

布娃娃和扫帚柄结婚时，举办了一场婚礼。他们的婚礼很隆重，入场仪式特别气派，在布娃娃们的婚礼中堪称前所未见，在扫帚柄们的婚礼中更是绝无仅有。

婚礼入场式的队列中都有谁？嗯，首先登场的是"勺舔舔"们。他们每一位都拿着一把勺子，有的拿茶匙，有的拿汤匙，不过他们大多数拿的是一把大大的汤勺。这些勺子里头是什么呢？噢，有的是奶油糖，有的是肉羹汤，还有的是掺着棉花糖的巧克力软糖。每一位的勺子上，要么有甜丝丝的东西可以舔，要么有油滋滋的东西可以吃。他们走在布娃娃和扫帚柄婚礼入场式的队列中，舔舔手里的勺子，四处张望看看，又舔舔手里的勺子。

接着走来的是"锡敲敲"们。他们有的拿着洗碗盆，有的拿着平底煎锅，还有的拿着土豆去皮盘。这些家什都是锡做的，箍着牢固的锡底。"锡敲敲"们就挥着餐刀啊，叉子啊，铁棍啊，木棒啊，使劲敲打这些锡器的底儿。他们走在布娃娃和扫帚柄婚礼入场式的队列中，猛敲手中的锡器，四处张望看看，又猛敲手中的锡器。

然后是"巧克力下巴"们来了。他们都吃着巧克力。巧克力又黏又滑，淌得他们下巴上到处都是。有的把黑巧克力溅到了鼻尖上，有的把棕巧克力抹到了耳根旁。他们走在布娃娃和扫帚柄婚礼入场式的队列中，仰头扬起下巴，四处张望看看，又仰头扬起下巴。

接着走来的是"脏围兜兜"们。他们戴着素白围兜兜、方格围兜兜、条纹围兜兜、蓝色围兜兜，以及带蝴蝶图案的围兜兜。不过，那些围兜兜全都脏兮兮的。素白围兜兜是脏的，方格围兜兜是脏的。条纹围兜兜啦，蓝色围兜兜啦，带蝴蝶图案的围兜兜啦，全部都是脏的。于是，他们走在布娃娃和扫帚柄婚礼入场式的队列中，脏兮兮的手指头蹭在围兜兜上，四处张望看看，哈哈大笑起来，又四处张望看看，又哈哈大笑起来。

下一组是"干净耳朵"们。他们得意扬扬地走着。他们为何会出现在婚礼入场式中，谁也不知道。他们的耳朵全都干干净净的，不但耳朵外面干干净净，耳朵里头也干干净净。无论是耳朵外面还是里头，都没有一丁点污垢或灰尘，也没有一丝一毫的脏乱。就这样，他们走在布娃娃和扫帚柄婚礼入场式的队列中，耸动耸动耳朵，四处张望看看，又耸动耸动耳朵。

接下来走婚礼入场式的是"怕挠痒"们。他们一个个容光焕发，脸颊就像崭新的肥皂块。他们身骨强壮，膘肥肉厚，浑身上下仿佛写满了"别挠我，我好怕挠痒痒"。他们走在布娃娃和扫帚柄婚礼入场式的队列中，挠自己痒痒挠得咯咯直乐，四处张望看看，然后又挠自己痒痒挠得咯咯直乐。

入场式的音乐主要来自"喝汤乐队"。他们走在队列中，面前捧着一大碗汤，拿着用来喝汤的大汤匙。他们吹出哨声，稀里呼噜地喝着汤，发出的声音就连队列最前头的"勺舔舔"们都能听见。就这样，他们吸溜一勺汤，四处张望看看，又吸溜一勺汤。

下一组是"圆憨憨"们。他们身体圆滚滚，脸蛋圆嘟嘟，咂巴着嘴，哈欠连连。他们并不是胖宝宝——噢不是不是——他们可不胖，他们只是圆乎乎的，很好捏。他们迈开圆乎乎的腿和圆乎乎的脚丫，憨头憨脑地往前走，四处张望看看，又憨头憨脑地往前走。

布娃娃和扫帚柄的婚礼入场式的最后一组是"困脑袋"们。他们很高兴能走在队列里，脸上挂着微笑，可他们的脑袋却垂下去了，微笑渐渐淡去，眼睛半闭着，甚至快合上了。他们显得有点跟跟跄跄的，好像脚不知该往哪里走。这就是"困脑袋"们，他们走在布娃娃和扫帚柄的婚礼入场式的最后面，一次也没有向四处张望过。

这婚礼入场式可真气派啊，你说呢？

帽子灰铲子怎么帮助史努福

如果你想把斯尼格斯家六个孩子的名字全部记住,就这么记吧:三个大的,分别叫作布林克、斯温克和金克;三个小的,则分别叫作布兰克、斯万克和姜克。去年一月的一天,三个大的跟三个小的吵了一架。吵架的起因是要给雪人史努福买一顶新帽子:史努福应该戴什么样的帽子,帽子又应该怎么样戴在它的头上,大家意见不统一，就吵了起来。

布林克、斯温克和金克说："它要一顶歪帽子，直着戴。"

布兰克、斯万克和姜克说："它要一顶直帽子，歪着戴。"

他们吵来吵去，争个不休。布林克对着布兰克吵，斯温克对着斯万克吵，金克对着姜克吵。争吵后最先和好的是金克和姜克，他们想出了解决这场纷争最好的办法。

金克说："我们把歪帽子歪着戴吧。"

姜克说："不，我们把直帽子直着戴吧。"

然后，他俩站在那里你看我，我看你，注视着彼此亮晶晶的、满含笑意的眼睛，突然就异口同声地大声向对方说道："我们给雪人戴两顶帽子吧，歪帽子歪着戴，直帽子直着戴。"

嗯，这下他们开始到处找帽子，可是哪里都找不到，确切地说，是找不到足够大的帽子，好戴在雪人史努福的大脑袋上。于是，他们走进屋里，问妈妈要

"帽子灰铲子"。可想而知，在大部分人家里，如果六个孩子同时咚咚咚、噔噔噔地冲进来，再砰砰砰关上门，接着他们六个一起对妈妈大声嚷嚷"帽子灰铲子在哪儿？"，这个当妈妈的一定感到很崩溃。

可是斯尼格斯太太一点也不崩溃。她用手指搓着下巴，柔声细语地说："噢——啦——哒——嗒，噢——啦——哒——嗒，帽子灰铲子在哪儿呢？上周我还用过它，用它给斯尼格斯先生做了顶帽子，我记得帽子灰铲子就在这儿，放在时钟上面呢，噢——啦——哒——嗒，噢——啦——哒——嗒。"

她对金克·斯尼格斯说："你出去按响前门的门铃吧。"金克向前门跑去。斯尼格斯太太和五个孩子一起等待着。"丁零丁零"，门铃响了起来。紧接着，听，时钟的门弹开了，帽子灰铲子掉了出来。"噢——啦——哒——嗒，噢——啦——哒——嗒，快快离开这儿吧。"斯尼格斯太太说。

嗯，这下孩子们跑出去了。他们用帽子灰铲子挖出了一大堆帽子灰给雪人史努福做了两顶帽子——一顶是歪帽子，另一顶是直帽子。他们把帽子戴到史努福的头上，歪帽子歪着戴，直帽子直着戴。史努福就这样站在前院，每逢有人从街上路过，它就会摘下帽子向他们敬礼，摘歪帽子就歪着胳膊，摘直帽子就直着胳膊。

斯尼格斯家的孩子们之间的争吵就这么结束了，而且是三个大孩子当中最小的金克和三个小孩子当中最小的姜克，化解了这场争吵。他们只是真诚地注视着彼此的眼睛，然后一起哈哈大笑，矛盾就烟消云散了。如果你也跟别人发生了争执，不妨试一试这个化解之道吧。

三个怀揣糖浆罐子和秘密理想的男孩

在肝片烩洋葱城,如果一个男孩去杂货店买一罐糖浆,那只是一件寻常小事。如果两个男孩一起去杂货店买一罐糖浆,那也还是一件寻常小事。可是,如果三个男孩一起去杂货店,每人各买一罐糖浆,那可就不寻常了,一点也不寻常了。

伊塔·佩卡·派[1]在许多美好的愿望中长大，美好的愿望也在他心中生根发芽。每当他心中有了一个愿望，脸上就会长出一粒雀斑。每当他露出微笑，笑容就会在他脸上荡漾开来，跑到脸颊边，消失在因愿望而长出的雀斑里。

米尼·麦尼在怀疑和猜忌中长大，怀疑和猜忌也在他心中生根发芽。长此以往，有些疑虑牢牢地刻在他的眼中，有些疑虑牢牢地刻在他的嘴角。因此，每当他直视别人的时候，人们总是说："米尼·麦尼看起来那么悲伤，我真担心他还能不能撑得住。"

麦尼·莫的情况不同。他不像米尼·麦尼那么悲伤，那么疑虑重重；但他也不像伊塔·佩卡·派那样，心中充满了愿望，脸上长满了雀斑。他的心里一半是美好的愿望，一半是痛苦的疑虑。因此，他脸上长了几粒雀斑，也流露出几分疑虑。每当他直视别人的时候，人们总是说："我不知道他是想笑还是想哭。"

1　伊塔·佩卡·派（Eeta Peeca Pie）谐音"eat a piece of pie"（吃一块馅饼）。

于是，这三个男孩，分别怀着美好的愿望、痛苦的疑虑，以及一半愿望一半疑虑，慢慢长大了。他们看上去截然不同，但他们心中都有一个秘密的理想。而且，他们三个的秘密理想竟然一模一样。

理想就像一只小小的爬虫，日夜不休地在他们心里爬啊爬啊，还轻唱着一支小曲儿："来追寻我，来追寻我吧。"

伊塔·佩卡·派、米尼·麦尼和麦尼·莫心中的秘密理想，是去搭乘火车，是日复一日、年复一年地坐在火车车厢里。火车的鸣笛声和车轮的轰隆声，在他们听来就是美妙的音乐。

每当这个秘密理想在他们心里爬啊爬啊，他们就不由得悲伤起来，悲伤到痛不欲生，悲伤到忍无可忍，他们三个就会把手搭在彼此的肩膀上，唱起《乔之歌》。到了副歌，他们合声唱道：

乔，乔，扭伤了脚，
正赶路往墨西哥跑。

回家时，又摔伤背，

不小心滑倒在铁轨。

在一个晴朗的夏日清晨，三个男孩的妈妈交给他们一人一个罐子，说："到杂货店去买一罐糖浆回来。"三个男孩同时到达杂货店，又一块走出店门口，每个人都拿着一罐糖浆，每个人的秘密的理想都在心里爬啊爬啊，三个人都是这样。

从杂货店出来，走过两条街，他们停在一棵印第安滑榆树下。伊塔·佩卡·派伸长脖子，仰头往滑榆树上看。他说，这样站在滑榆树下仰头看，对他的愿望雀斑有好处，能帮助他实现愿望。

他仰头看时，不自觉地松开了握在糖浆罐子把手上的左手。只听"哐当——哐当当"，罐子掉在了石头铺成的人行道上，摔成了碎片，糖浆流得满地都是。

如果你从未见过这番景象，让我来讲给你听，在一棵滑榆树下，糖浆从摔碎的罐子里流出来，在石头铺成的人行道上流得满地都是，这样的画面实在是既

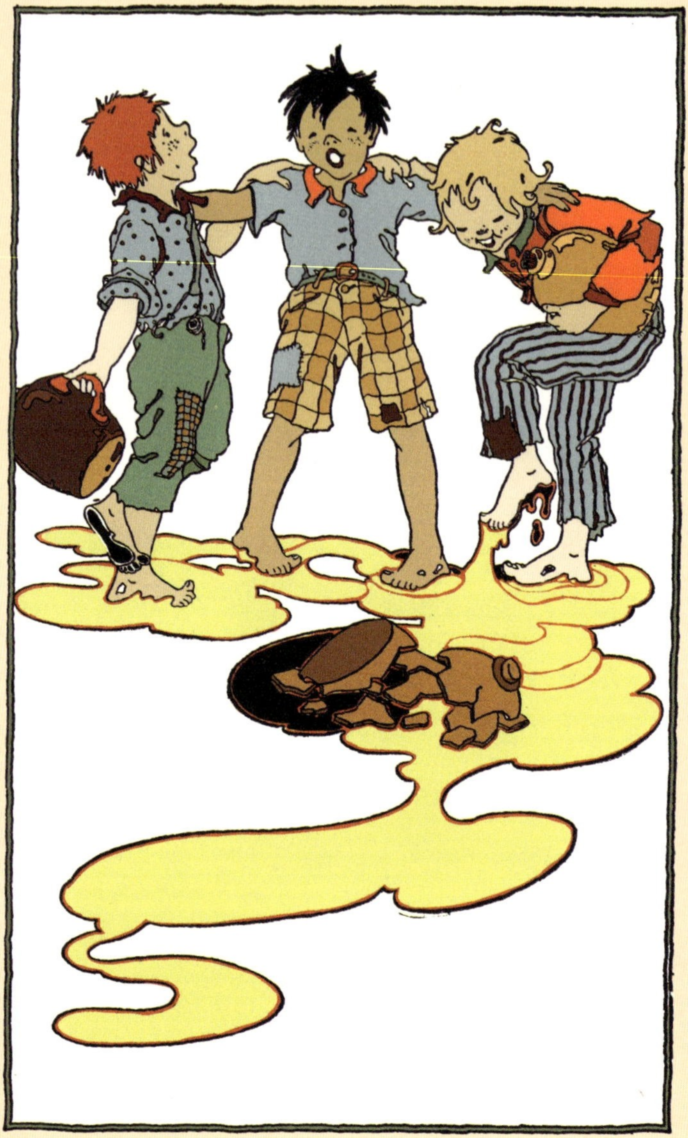

诡异又神秘。

伊塔·佩卡·派光着脚丫踩进糖浆里。"真好玩,"他说,"我感觉浑身发痒。"于是,米尼·麦尼和麦尼·莫也光着脚丫踩进了糖浆里。

紧接着,奇怪的事情发生了。一个男孩变小了,另一个男孩也变小了,三个男孩全都变小了。

"你在我眼中只有马铃薯虫那么大。"伊塔·佩卡·派对米尼·麦尼和麦尼·莫说道。"你在我们眼中也是同样啊。"米尼·麦尼和麦尼·莫对伊塔·佩卡·派说。随后,心中的秘密理想又让他们悲伤起来,他们就站在一起,把手搭在彼此的肩膀上,唱起那首去墨西哥的《乔之歌》。

他们溜达着走下人行道,穿过一片草地,路过了许多间蜘蛛和蚂蚁的小小房子。在一所房子前面,他们看见蜘蛛太太正在洗一盆蜘蛛先生的衣服。

"你为什么把一个平底煎锅顶在脑袋上?"三

个男孩问她。

"在我们国家,女士们想戴帽子的时候就把平底煎锅顶在脑袋上。"

"可是,如果你用平底煎锅煎东西时忽然想戴帽子了,那该怎么办呢?"

"在我们国家,这种情况是不可能发生在一位体面的女士身上的。"

"那你们该不会从来都没有过新款的帽子吧?"米尼·麦尼问。

"没有,不过我们每逢春秋两季就会有新款的平底煎锅。"

他们逛着逛着,来到了歪鼻子蜘蛛之城,这座城市藏在一簇粉红色草丛的根里。城里大街上有一间商店,商店橱窗里摆满了粉红色的遮阳伞。他们走进店里,对店员说:"我们想买几把遮阳伞。"

"我们这儿不卖遮阳伞。"蜘蛛店员说。

"好吧,那能借我们每人一把遮阳伞吗?"他们三个一齐说。

"没问题,乐意至极。"店员说。

"你怎么这么做生意?"伊塔问。

"自然而然,毫不勉强。"蜘蛛店员回答。

"怎么变成这样的?"

"一以贯之,从未改变。"

"你从来不觉得累吗?"

"遮阳伞是福,遮阳伞是乐。"

"等遮阳伞都被拿走时,你将何去何从?"

"它们都会回来的。这些伞是大名鼎鼎的歪鼻子遮阳伞,用鼎鼎大名的粉红色草叶制作而成。你们准会把伞弄丢,三把伞通通弄丢。然后它们就会走回我这儿,回到这条大街上的这家商店里。我不能把明知你们注定会弄丢的东西卖给你们,我也不能让你们为了迟早要抛诸脑后的东西而付钱。等你们不小心弄丢了它,它就会走回我这儿来了。看看——看看!"

这句"看看"的话音未落,商店的门就开了,五把粉红色的遮阳伞跳着华尔兹进了门,又跳着华尔兹登上了橱窗。

"它们都会回来的。每个人都有疏失的时候。拿上你们的遮阳伞，走吧。等你们把伞弄丢，它们就会回到我这儿来。"

"看样子，他心中有许多美好的愿望。"伊塔·佩卡·派说。

"看样子，他心中有许多痛苦的疑虑。"米尼·麦尼说。

"看样子，他心中交织着美好的愿望和痛苦的疑虑。"麦尼·莫说。

这时候，他们同时感到一阵落寞，那个秘密理想又在他们的心头蠢蠢欲动、不停啃噬。因此，他们再一次把手搭在彼此的肩膀上，唱起那首去墨西哥的《乔之歌》。

接下来，幸福突然降临。他们来到了马铃薯虫之国。三人刚一踏入这个国家就交了好运，因为他们遇到了一位马铃薯虫百万富翁。

"你是怎么成为百万富翁的？"他们问。

"因为我得到了一百万。"他答道。

"一百万什么东西?"

"一百万福林姆斯。"

"谁要福林姆斯呢?"

"如果你打算在这儿生活,你就需要福林姆斯。"

"为什么呢?"

"因为福林姆斯是我们的货币。在马铃薯虫之国,如果你没有福林姆斯,你就什么也买不到,什么也买不了。但是,如果你有一百万福林姆斯,你就成了马铃薯虫百万富翁。"

接着,马铃薯虫百万富翁把他们吓了一跳。

"我喜欢你,因为你心中有愿望,脸上有雀斑。"他一边对伊塔·佩卡·派说,一边把福林姆斯满满地塞进伊塔的口袋。

"我也喜欢你,因为你心中有疑虑,显得很悲伤。"他一边对米尼·麦尼说,一边把福林姆斯满满地塞进米尼·麦尼的口袋。

"我也喜欢你,因为你既有愿望又有疑虑,神色喜忧参半。"他一边对麦尼·莫说,一边将大把大把的福林姆斯塞进麦尼·莫的口袋。

愿望总会成真，疑虑也是如此。他们一辈子都在期许的愿望、他们对突然发生变故的疑虑，现在通通变成了现实。

他们用口袋里装得满满的福林姆斯，坐遍了马铃薯虫之国的火车。他们去火车站买了各种各样的车票，有快车车票，有慢车车票，甚至还有与出发的方向背道而驰的反着开的火车车票。

在马铃薯虫之国的火车餐车上，他们品尝了著名的马铃薯虫猪肉做成的神奇火腿、马铃薯虫母鸡下的鸡蛋，还吃了好多其他的东西。

他们感觉好像在马铃薯虫之国待了很久，很多很多年。终于有一天，他们的福林姆斯全都用光了。以后，每当他们再想搭乘火车、想吃点东西、想找地方睡觉时，他们就把手搭在彼此的肩膀上，唱起那首去墨西哥的《乔之歌》。在马铃薯虫之国，大家都说这首歌很动听。

一天早上，他们坐在一棵马铃薯的根须旁边，头顶着浓密翠绿的马铃薯叶，等待搭乘"老俄亥俄和西南部"铁路公司的特快列车。他们看见遥远的高处出现了一片阴沉沉的乌云，还听到一阵摇晃声、沙沙声和喷洒声。他们不知道，那其实是一位肝片烩洋葱城的市民。他们不知道，那是斯尼格斯先生正在给马铃薯地喷洒"巴黎绿"杀虫剂。

一大滴"巴黎绿"杀虫剂喷溅下来，落在伊塔·佩卡·派、米尼·麦尼和麦尼·莫的头上和肩上。

紧接着，奇怪的事情发生了。他们变得越来越大，越来越大——一、二、三，三个男孩都变大了。等他们从地上一蹦而起，跑出马铃薯地时，斯尼格斯先生还以为他们只是几个恶作剧的男孩呢。

他们回到家中，向妈妈坦白交代：在那棵滑榆树下，在石板人行道上，伊塔·佩卡·派把装着糖浆的罐子摔碎了。妈妈责怪男孩们说，摔碎罐子真是太粗心了。男孩们却在心里说，摔碎罐子真是太幸运了，正是这个意外帮助他们实现了秘密理想。

而所谓的秘密理想，就像一只小小的爬虫，日夜不休地在人们心里爬啊爬啊，还轻唱着一支小曲儿："来追寻我，来追寻我吧。"

风向一变，小家伙宾波的大拇指粘在了鼻子上

从前，肝片烩洋葱城有个小男孩，他的名字叫小家伙宾波。无论爸爸妈妈交代他别做什么，他一转头就忘了个干干净净。

有一天，他的爸爸"徒步客"贝沃回到家，看见宾波坐在前门台阶上，一只大拇指粘在鼻子上，其他手指摇个不停。

"我的大拇指拿不下来了,"宾波说,"因为当我把大拇指放在鼻尖上,冲着买冰的人摇其他手指时[1],风向突然变了。就像妈妈常说的那样,风向一变,大拇指就粘在鼻子上,怎么也拿不下来了。"

"徒步客"贝沃握住宾波的大拇指,使劲往下拔。他又找来一根晾衣绳绑在大拇指上,使劲往下拔。他还把脚后跟蹬到大拇指上,使劲往下拔。任凭他怎么拔,那根大拇指仍然粘得紧紧的,而宾波的其他手指还在贴着鼻子不停地摇。

"徒步客"贝沃请来了区议员。区议员请来了街道清洁部的仓库主管。街道清洁部的仓库主管请来了卫生部防疫局的疫苗接种负责人。卫生部防疫局的疫苗接种负责人请来了气象局的疑难问题解决专家,气象局的人最了解风和风向变化的个中奥妙了。

气象局的疑难问题解决专家说:"只要用交警警棍的棍头在大拇指上敲六下,大拇指就会松开了。"

---

1 这个动作表示蔑视对方,是很不礼貌的动作。

于是,"徒步客"贝沃走到街角,那里站着一个交警,正在吹着哨子指挥马车和汽车行驶。

他对那位交警说:"风向改变了,所以宾波的大拇指紧紧地粘在了鼻子上,要用交警警棍的棍头在大拇指上敲六下,它才能松开。"

交警回答说:"我没法帮助你,除非你能找来一只猴子代我的班,让它站在这个街角,指挥马车和汽车行驶。"

于是,"徒步客"贝沃去了动物园,他对一只猴子说:"风向改变了,所以宾波的大拇指紧紧地粘在了鼻子上,要用交警警棍的棍头在大拇指上敲六下,它才能松开。可是交警不能离开他的岗位,他必须站在街角指挥交通,除非有一只猴子去给他代班。"

猴子回答说:"给我找一架带哨子的梯子,好让我爬到梯子上,吹着哨子指挥交通。"

于是,"徒步客"贝沃开始找梯子,他在城里找了又找,看了又看,问了又问,找得脚也痛了,眼也花了,头也晕了,心也灰了,整个人都累得不行了。

这时候，他遇上了一个老寡妇。她的丈夫在挖掘下水道时死于一场沼气爆炸事故。这位老妇人背着一个布袋，袋子里装着一把引火的木柴，那是她四处捡来的，因为她买不起煤。

"徒步客"贝沃对她说："你有你的难处，我也有我的难处。你背负的重担人人看得见，我背负的重担却没有人看见。"

"跟我讲讲你的难处吧。"老寡妇说。"徒步客"贝沃把事情告诉了她。听完后，她说："隔壁那条街上，住着一个做伞柄的老人，他有一架带哨子的梯子。他做长伞柄的时候就会爬到梯子上去，他还把口哨安装在梯子上，随时都可以吹响。"

"徒步客"贝沃走到隔壁那条街，找到了做伞柄的老人的家。他对老人说："风向改变了，所以宾波的大拇指紧紧地粘在了鼻子上，要用交警警棍的棍头在大拇指上敲六下，它才能松开。可是交警不能离开他的岗位，他必须站在街角指挥交通，除非有一只猴子去给他代班。然而，猴子指定要一架带哨子的梯子，好

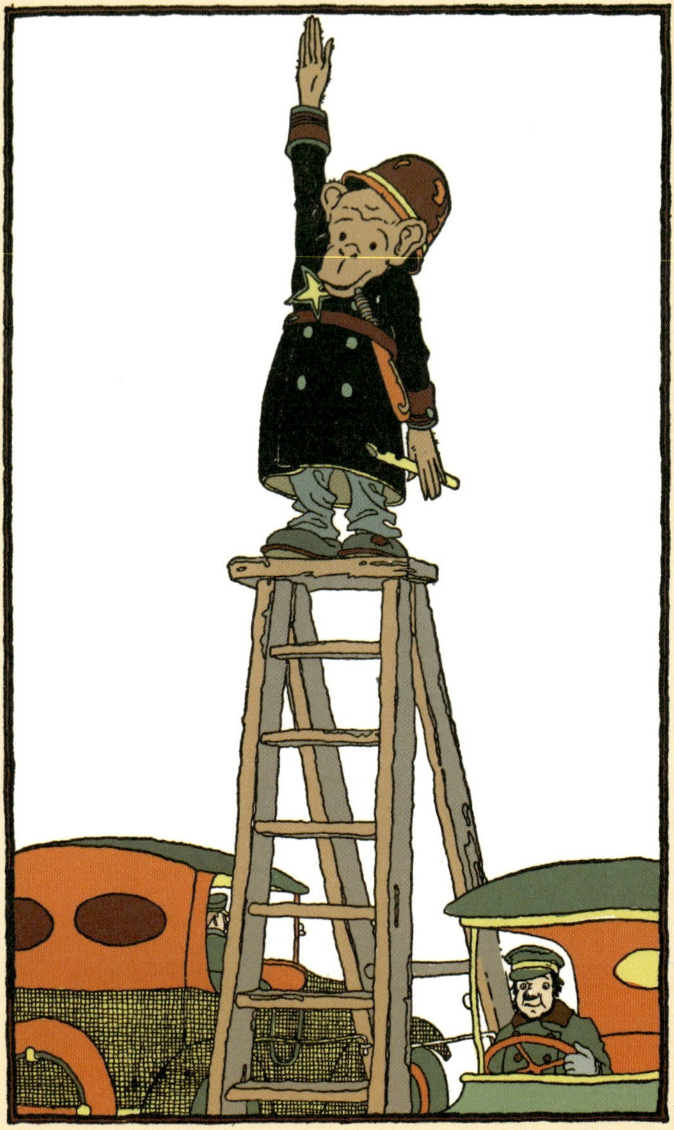

让它爬到梯子上，吹着哨子指挥交通，否则就不能给交警代班。"

做伞柄的老人回答："今晚我有一个特别的任务，要做一把很长很长的伞柄，因此还得需要这架梯子，我得爬上去。我也需要梯子上的哨子，我得吹响它。不过，如果你能保证在今晚之前把梯子还回来，你就拿去吧。"

"徒步客"贝沃答应下来。于是，他把这架带哨子的梯子拿给猴子，猴子就去给交警代班，交警则去了"徒步客"贝沃的家。这时候，宾波还在家门口的台阶上坐着，他的大拇指仍然粘在鼻子上，其他手指冲着路过的人摇个不停。

交警用警棍对着宾波的大拇指敲了五下，大拇指仍然紧紧地粘在鼻子上。但第六次时，交警用警棍的棍头敲了下去，宾波的大拇指马上就松开了。

然后，贝沃感谢了交警，又感谢了猴子，把带哨子的梯子还回去时，也感谢了做伞柄的老人。

那天晚上，"徒步客"贝沃到家时，宾波正躺在床上，一副兴高采烈的样子。他对爸爸说:"下次再遇到风向改变，我会小心翼翼地把大拇指贴到鼻子上，再小心翼翼地摇晃其他几根手指啦。"

5

三个关于风绕行的三个方向的故事

主要角色： 两栋摩天大楼

铁皮铜山羊

铁皮铜鹅

西北风

"金道钉纪念号"列车

新皮料

红舞鞋

要被绞死的男人

五只长耳大野兔

木头印第安人

大角水牛

其他角色： 报童

夜班警察

两栋决定生孩子的摩天大楼

在肝片烩洋葱城的街道两边，各站着一栋摩天大楼，它们隔着街道，两两相望。白天，大街小巷熙熙攘攘，挤满了做买卖的人，这两栋摩天大楼隔空聊起天来，就像大山之间的遥相呼应一样。

到了晚上，做买卖的人都回家了，只有警察和出租车司机还在街上；到了晚上，薄雾在大街小巷弥漫开来，一层灰紫色的轻纱悄然笼罩万物；到了晚上，天空和星辰向小城摇落一重又一重灰色的、紫色的雾霭。这个时候，两栋摩天大楼就探身靠近彼此，说起悄悄话来。

也许他们会互相倾诉心底的秘密，也许他们只是说些你知我知、人尽皆知的家常话，反正都是他们的悄悄话，谁也不知道具体的内容。但有一件事情是确定的：人们经常看见他们在夜里探身靠近彼此，说着悄悄话，就像群山也在夜晚凑在一起说悄悄话一样。

其中一栋摩天大楼那高高的楼顶上，有一只铁皮铜山羊。它眺望着辽阔的原野，眺望着湖泊和河流。那银蓝色的湖泊波光粼粼，如同蓝色的早餐瓷盘一样莹润。密布的河流映着清晨的阳光，就像许多银蛇蜿蜒在大地上。

另一栋摩天大楼那高高的楼顶上，则有一只铁皮铜鹅。它眺望着辽阔的原野，眺望着湖泊和河流。那银蓝色的湖泊波光粼粼，如同蓝色的早餐瓷盘一样莹润。密布的河流映着清晨的阳光，就像许多银蛇蜿蜒在大地上。

西北风是这两栋摩天大楼的朋友。西北风经常出远门,几个小时就能穿越五百英里,真是快极了。而这两栋摩天大楼呢,始终站在这条古老的街道上,站在同一个街角,一步也不曾挪动。于是,西北风就成了给他们讲述新鲜见闻的使者。

"嗯,我看到了,这座城市还在这里。"西北风会呼啸着对两栋摩天大楼说。

而他们会回答:"是的,远方还屹立着巍峨的群山,风儿啊,你是从山那边吹过来的吗?"

"是的,群山屹立的地方很远,更远的地方是大海,铁路向前不断延伸,火车穿过原野,驶向群山,驶向大海。"西北风又会这么回答。

西北风吹过时,经常把摩天大楼顶上的铁皮铜山羊和铁皮铜鹅吹得摇摇晃晃的。

"你会把铁皮铜山羊从我的楼顶上吹掉吗?"一栋摩天大楼问。

"你会把铁皮铜鹅从我的楼顶上吹掉吗?"另一栋

摩天大楼问。

"噢,不会的,"西北风笑起来,先对一栋摩天大楼说,又转过去对另一栋摩天大楼说,"如果我吹掉了你的铁皮铜山羊,还有你,如果我吹掉了你的铁皮铜鹅,那就表示我在向你们致哀,为你们遭遇的不幸和你们将要参加的葬礼。"

时间就这么一天天过去,这两栋摩天大楼依然站在原地。在他们的脚边来来往往的,是警察和出租车司机,是大包小包做买卖的人。而在他们的楼顶上高高站着的,是铁皮铜山羊和铁皮铜鹅。它们眺望着辽阔的原野,眺望着湖泊和河流。那银蓝色的湖泊波光粼粼,如同蓝色的早餐瓷盘一样莹润。密布的河流映着清晨的阳光,就像许多银蛇蜿蜒在大地上。

时间就这么一天天过去,西北风时常造访,讲讲新鲜的见闻,并且重申当初的誓约。

时间就这么一天天过去,这两栋摩天大楼终于决定要生一个孩子。

他们还决定,既然要生孩子,就得生一个自由自在的孩子。

"得是个自由自在的孩子，"他们对彼此说，"可不能是个一辈子都站在某个街角一步不挪的孩子。是的，如果我们有了孩子，她要能自由驰骋，穿过原野，奔向群山，奔向大海。是的，总得是个自由自在的孩子。"

时间就这么一天天过去。他们有了孩子。他们的孩子是一列火车——"金道钉纪念号"列车[1]，鲁特伯格国最快的长途列车。她一路穿越原野，驶向群山，驶向大海。

他们很欣慰，这两栋摩天大楼很高兴有了一个自由自在的孩子，她能够离开这座城市向远方奔去，向遥远的群山奔去，向遥远的大海奔去，一直奔向西北风见识过的最远的山尽头、最远的海岸边。

他们很欣慰自己的孩子对社会有所贡献，她那么

---

[1] 1869 年，美国第一条横贯全国的铁路竣工，这对于当时美国经济的发展意义十分重大。竣工当天举办了"金道钉"仪式，竣工地点建立了"金道钉"历史遗址公园，"金道钉"从此成为纪念的标志。

能干，能载着一千名乘客每天行驶一千英里，因此人们只要提起"金道钉纪念号"，都夸她是个身强力壮、令人喜爱的孩子。

时间还是这么一天天过去。突然有一天，报童像发了疯一样大喊大叫起来："呀呀，吧啦吧啦，呦呦。"报童的叫声在摩天大楼听来，就是这样一阵模糊的声响，因为他们从来不关心报童在叫些什么。

"呀呀，吧啦吧啦，呦呦。"报童的叫声一直飘到了摩天大楼的楼顶。

最后，报童的叫声实在太过凄厉，引起了这两栋摩天大楼的注意。他们侧耳去听，终于听清了报童撕心裂肺的叫喊："关于特大火车事故的详细报道！关于'金道钉纪念号'车难的详细报道！死了很多人！死了很多人！"

西北风来了，风声呜咽，唱着一首低缓而悲伤的歌。那天下午将近黄昏的时分，街上围起了一大群人，有警察、出租车司机、报童，还有带着大包小包做买卖的人，他们站成一圈，好奇地看向街道当中的电车轨道，打量着轨道上并排躺着的两件东西，交头接耳，议论纷纷。

那两件东西，一件是铁皮铜山羊，另一件是铁皮铜鹅。它们并排着，紧紧躺在彼此的身边。

一块钱手表和五只长耳大野兔

很久很久以前,那时候,"穷途末路鸟"弯弯的尾羽上面,还点缀着美丽的条纹和斑点,条纹像燕麦秆一样金,斑点像摩西提干草一样绿;那时候,"渡渡扬格鸟"还没开始在金银花丛中婉转啼鸣,而"苦苦巴斯特鸟"还未曾发出临死前最后呼天抢地的一声吼;那时候,后来的悲剧都还没拉开序幕。就在那时,比

5050年还要早几年的时候，新皮料和红舞鞋穿越了鲁特伯格国。

故事就从这里讲起吧，新皮料和红舞鞋正在徒步穿越鲁特伯格国。他们选择步行，因为他们喜欢双脚踩在大地上，也喜欢亲近大地的气息。他们观察鸟儿和虫子，明白了鸟儿为什么长翅膀，虫子为什么长腿；为什么在"猛地一吹树"上的鸟巢里，"乐乐嘈嘈鸟"会产下带斑点的蛋；为什么"喊吱喂吱虫"在悠长的夏季彻夜不眠，嘎吱嘎吱地拉着小提琴。

一天清晨，他们一边唱着《闯入舞剑人的剑阵中》，一边走过鲁特伯格国大片大片的玉米地。他们刚吃过早饭，是咖啡配上涂着黄油的热乎乎的小蛋糕。新皮料对红舞鞋说："这个夏天，我们最美妙的秘密是什么？"

"这个容易回答，"红舞鞋说，她长长的黑睫毛缓缓扇动了一下，"这个夏天最美妙的秘密，就是天上每一颗星星都垂下一条金绳，我们想爬上去时就可以爬上去。"

走啊走啊，他们走进一座小城，遇到了一个愁容满面的男人。"你为什么这么伤心？"他们问他。他回答说："我弟弟被关进了监狱。"

"他犯了什么事？"他们又问他。他接着回答："大冬天的，我弟弟戴上一顶草帽，走到街头，哈哈大笑；大夏天的，我弟弟又剪了个蓬得高高往后梳的蓬巴杜头[1]，不戴帽子，走到街头，哈哈大笑。这可都是些犯法的事儿。最糟糕的是，他在不该打喷嚏的时间，在不该打喷嚏的场合，非常不明智地打起了喷嚏。因此，明天早上他将被处以绞刑。明天早上，等待他的将是木头绞刑架和麻制绳索。行刑的人会给他的脖子套上绞刑的绳圈，把他高高地吊起。"

说完，这个愁容满面的男人脸色更加凝重了。这让新皮料涌起一阵冲动，也让红舞鞋涌起一阵冲动。他们小声商量了几句。接着，新皮料说："拿着这块一块钱的手表吧，把它交给你弟弟。告诉他，等他们带

---

[1] 一种将前额的刘海梳起，使其蓬松高耸的一种发型。在20世纪50年代，摇滚巨星"猫王"埃尔维斯·普雷斯利曾令这种发型风靡一时。

他走向绞刑架时,他一定要把这块表握在手里,上紧发条,推动发条旋柄,剩下的事就简单了。"

于是,第二天早上,行刑的人带着那个男人的弟弟走向木头绞刑架和麻制绳索,因为他在错误的时间和错误的场合打起了喷嚏。他们要对他处以绞刑,把他高高地吊起。这时候,那个男人的弟弟悄悄上紧了手表的发条,并且推动了发条旋柄。只听"咯嚓"一声响,然后是一阵低沉的声音,仿佛把一台发动机安装到了龙的巨大飞翼下面。一块钱的手表突然变成了一艘龙飞船。那个即将被绞死的男人跳上龙飞船,轰隆隆地飞走了,没有人能拦住他。

新皮料和红舞鞋笑容满面地走出这座小城，他们又唱起了那首《闯入舞剑人的剑阵中》。那个曾经愁容满面的男人，现在神色轻松了许多，追着他们跑过来，在他的身后还追着五只腿像蜘蛛那么长的长耳大野兔。

"这些是送给你们的。"他喊道。他们一起坐到"猛地一吹树"的树桩上。他舒展开忧愁的面容，对新皮料和红舞鞋讲述这五只长腿长耳大野兔的秘密。然后，新皮料和红舞鞋就向他挥手道别，领着五只刚得到的长腿长耳大野兔上路了。

他们又来到一座小城，城里有一栋摩天大楼，比世界上其他的摩天大楼都高。有一个大富翁，他很想被世人铭记，于是在临终前留下了遗嘱，要人们建一栋高楼，高得能摩擦到包孕着雷雨的乌云，比世界上任何一栋摩天大楼都要高。并且，在这栋高楼的顶上，要用石头雕刻出他的名字，还要安装一块写着他的名字的灯牌，到了夜里就通电亮灯。另外，塔楼里的钟也要刻上他的名字。

"我非常渴望被世人铭记，非常渴望在我死后仍然有许多人传颂我的名字，"这个大富翁对他的朋友说，"因此，我要你们把大楼建造得高耸入云。楼建得越高，我就被人们铭记得越久，在我死后，名字受人传颂的岁月也就越长。"

于是就有了这栋摩天大楼。新皮料和红舞鞋第一眼瞧见这栋楼，就放声大笑起来。那时候，他们正唱着原先的老调子《闯入舞剑人的剑阵中》，从一条乡村小道上远远地走过来。

"我们有一个节目，想表演给全城人民看。"新皮料和红舞鞋到市政厅去见这座小城的市长，对他这么说道，"我们想拿到演出许可证，好让我们在公共广场上举办这场免费的演出。"

"你们要表演什么节目？"市长问。

"我们要让五只长耳大野兔，五只腿像蜘蛛那么长的长耳大野兔，从你们城里最高最高的那栋摩天大楼上跳过去。"他们回答。

"如果你们的演出是免费的，如果你们在表演时不卖东西，也不向我们要钱，并且只在白天表演的话，我马上就给你们发演出许可证。"市长用一副精通政治的政治家口吻说道。

成千上万的人到广场上来看他们的演出。观众们都很好奇，五只腿像蜘蛛那么长的长耳大野兔从城里最高的摩天大楼上跳过去，会是什么样的景象。

四只长耳大野兔身上有条纹，第五只长耳大野兔身上既有条纹又有斑点。演出开始之前，新皮料和红舞鞋把长耳大野兔挨个儿抱在怀里，轻轻地抚摸着，揉揉它们的脚丫，揉揉它们的长耳朵，还用手指在这几位跳高健将的长腿上轻轻按摩。

"预备！"他们对第一只长耳大野兔叫道。它已经准备就绪。"现在，起跳！"他们又大声叫道。只见那只长耳大野兔开始助跑，抬脚起跳，向上，向上，越来越高，跃过摩天大楼的楼顶，紧接着向下，向下，慢慢降落。它的双脚刚一触到地面，就迈开长腿奔跑起来，一直跑回它出发的广场，回到新皮料和红舞鞋的身边，他们轻轻地抚摸它，揉着它的长耳朵，夸它"好样的"。

然后是三只长耳大野兔一起跳过摩天大楼。"预备！"它们听到口令，纷纷做好准备。"现在，起跳！"口令一下，三只长耳大野兔同时出发，一字排开，长耳朵挤挤挨挨的，它们抬脚起跳，向上，向上，越来越高，高高地跃过了摩天大楼的楼顶。紧接着，它们又向下，向下，慢慢降落，双脚一触到地面，就迈开长腿奔跑起来，跑回新皮料和红舞鞋的怀里，让他们轻轻地揉捏、轻轻地抚摸它们的长腿和长耳朵。

这下轮到第五只长耳大野兔了——那只身上既有条纹又有斑点的美丽兔子。"啊，我们真舍不得你去，啊，我们真舍不得。"他们一边说，一边揉揉它的长耳朵，捏捏它的长腿。

然后，新皮料和红舞鞋亲了亲它的鼻子，亲了亲这五只腿像蜘蛛那么长的长耳大野兔中的第五只，也就是最后一只。

"再见啦，亲爱的兔兔，再见啦，你是世界上最漂亮的兔子。"他们对着它的长耳朵轻声说。而它呢，它能听懂他们说的话，也明白他们为什么这么说，它晃了晃自己的长耳朵,用深邃的目光久久凝视着他们。

"预备!"他们叫道。它准备就绪了。"现在,起跳!"他们又大声叫道。于是,这第五只身上既有条纹也有斑点的兔子,抬脚起跳,向上,向上,越来越高,跃过了摩天大楼的楼顶,却还在向上,向上,越来越高,过了一会儿,它彻底从人们的视野中消失了。

人们等啊看啊,看啊等啊,第五只兔子再也没有回来,也没有人再听说过它的消息。它就这么不见了,带着它身上的条纹和斑点不见了。新皮料和红舞鞋说,他们很高兴,至少在它离开之前,他们还亲了亲它的鼻子。从此,它就这样远走高飞,一去不回。

木头印第安人和大角水牛

  一天晚上，乳白色的月亮照耀着大街。人行道和路沿石，墙壁和窗户，全部都镀上了一层乳白色。薄薄的蓝色雾气，如同女子的面纱，在大街上轻轻飘拂，一会儿飘到月亮上，一会儿又飘回来。是的，整条街都笼罩着蓝色的雾气和乳白色的月光，它们交相辉映，街上到处柔光满溢。

午夜已过。立在雪茄店前面的木头印第安人从它的底座上走了下来。立在杂货店前面的大角水牛则昂起头,摇着胡须,抬起牛蹄,从它的蹄印上走了出来。

接着——事情就这么发生了。他们径直朝对方走去,在大街的中央,他们相遇了。木头印第安人跳起来,跨坐到大角水牛的背上。大角水牛低下头,沿着大街直奔向西,快得就像原野上的一阵风。

在那座俯瞰"清清绿绿河"大拐弯的高山上,他们停了下来,驻足眺望。蓝色的雾气如同女子的面纱,在山谷中飘来荡去。乳白色的月光也洒满了山谷。雾气和月光缠绵悱恻地亲吻着"清清绿绿河"那又清又绿的河水。

他们就那样驻足眺望着。木头印第安人的脸庞是古铜色的,头上戴着带羽毛的木头饰物。那头大角水牛低下庞大的脑袋和厚重的肩膀,低得几乎贴到了地面上。

他们眺望了很久很久,终于,他们的眼中盛满了高山,盛满了河流的大拐弯,盛满了飘拂在河面上、

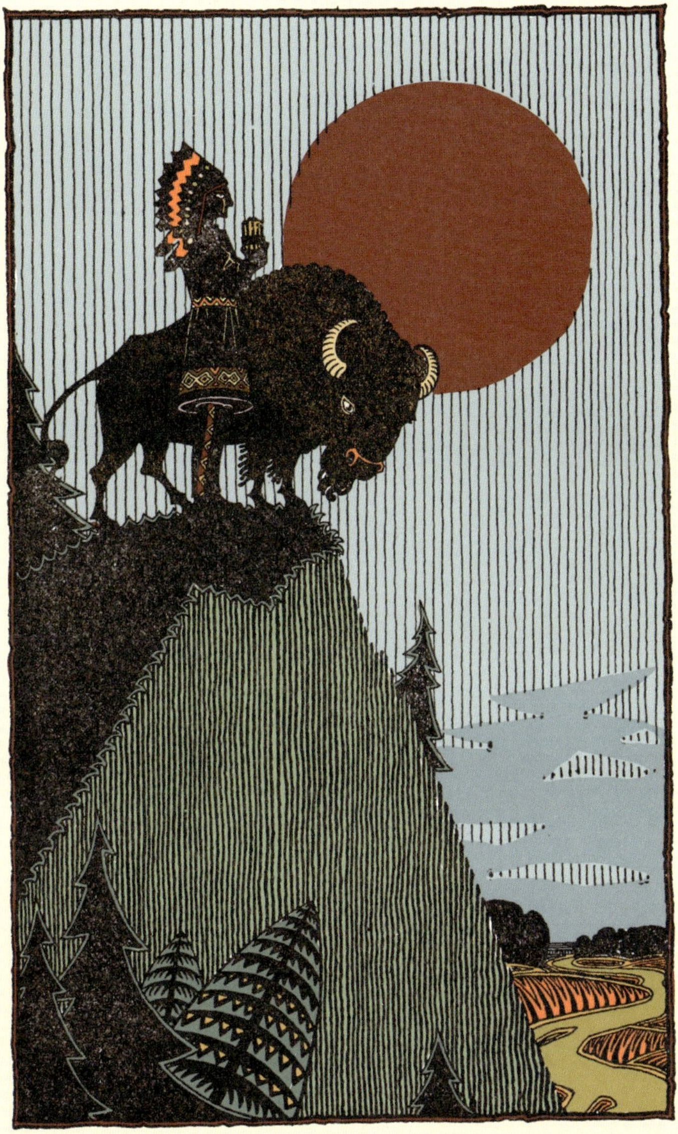

乳白和蓝色交相辉映的柔柔月霭。他们眺望了很久很久，终于，他们转过身去。大角水牛又低下头，沿着大街往回奔，快得就像原野上的一阵风，一口气跑回了雪茄店和杂货店的门前。紧接着，嗖的一下，他们俩就回到了原来的位置，一动不动地站在那里，静静旁观周围的一切。

故事从奶油泡芙村的夜班警察那里传出来时，就是这么讲的。事情发生的第二天，他告诉人们："昨天夜里，我正坐在雪茄店门前的台阶上防备小偷呢，忽然看见木头印第安人走了下来，大角水牛也走了出来，然后他俩就像风一样跑过了大街。我不由对自己说：'不可思议啊，太不可思议，太不可思议了。'"

6

四个关于珍贵的、珍贵的眼睛的故事

主要角色： 白马女孩
蓝风男孩
马背上的灰衣人
六个气球女孩
亨利·海格利霍格利
苏珊·斯莱克特威斯特
两只羊毛针织手套
彼得土豆开花愿
彼得土豆开花愿的爸爸、愿先生
各种鞋子
舞鞋
套着一只舞鞋的月亮

白马女孩和蓝风男孩

在碗碟都已洗好、空气渐渐凉爽的夏夜，或是在灯光点亮、炉火燃起的冬夜，鲁特伯格国的爸爸妈妈常常会给孩子们讲白马女孩和蓝风男孩的故事。

白马女孩在鲁特伯格国遥远的西陲长大。作为女孩，她从小到大都喜欢骑马。对她来说，最愉快的事情莫过于骑着一匹白马，松松地拉着缰绳，信步驰骋在鲁特伯格国西陲的山间和河边。

她骑过三匹马，一匹洁白如雪，一匹纯白如同新洗的羊毛，还有一匹亮白如同新月洒下的银光。她说不出究竟最喜欢这三匹白马中的哪一匹。

"在我眼中，白雪总是很美丽的，"她说，"而新洗的羊毛和新月洒下的银光，也都十分皎洁美丽。我的马儿们，它们白色的鬃毛、白色的腹部、白色的鼻子，还有白色的马蹄，我全都喜欢得不得了。我还喜欢它们白色的双耳间垂下的额毛，我可爱的三只小马驹啊！"

在同一个草原之国，在同一群黑色乌鸦盘旋飞过的地方，在白马女孩家的附近，住着蓝风男孩。作为男孩，他从小到大都喜欢走在泥土和草地上，倾听风的声音。对他来说，最愉快的事情莫过于穿上耐磨的鞋子，亲自踏遍鲁特伯格国西陲的山间和河边，一路倾听风的声音。

夏天的早晨六点，或者冬天的早晨八点，蓝色的昼风就吹起来了。夜风在夏天带着夏季星辰的蓝色，在冬天带着冬季星辰的蓝色。还有一种，是在昼夜交替之时吹起的蓝风——蓝色的黎明与黄昏之风。这三种风他都非常喜欢,说不出最喜欢的究竟是哪一种。

"清晨的昼风像草原一样刚劲,无论我对它说些什么,它都会铭记在心,深信不疑。"蓝风男孩说,"夜风带着夜空浩瀚的星穹,它能吹进我的心里,明白我所有的秘密。而那交替之时的蓝风,会在非昼非夜的混沌中吹拂,向我发问,让我等待,等着它为我带来我想要的一切。"

故事就这样顺理成章地发生,白马女孩和蓝风男孩相遇了。她,骑着一匹白马信步驰骋;而他,穿着一双耐磨的登山鞋,走在泥土上、草地里。他们注定要在鲁特伯格国西陲的山间和河边相遇。毕竟,他们就住在彼此的附近。

自然而然地,她对他讲了她的三匹白马:一匹洁白如雪,一匹纯白如同新洗的羊毛,还有一匹亮白如同新月洒下的银光。而他也对她讲了他喜欢倾听的那些蓝色的风:昼风、夜风,还有混沌时分吹起的黎明与黄昏之风。包括黎明与黄昏之风会向他发问、让他等待的事情，也全都告诉了她。

有一天，他们俩不见了。在那个星期的同一天，白马女孩和蓝风男孩双双出走了。他们的爸爸妈妈啦，兄弟姐妹啦，叔舅姑姨啦，全都感到大惑不解，对这件事议论纷纷，因为他们事先没有告诉任何人自己要走。无论事先还是事后，谁也不知道他们为什么要离开，谁也不知道真正的原因是什么。

他们留下了一封简短的信。

致我们的亲朋好友、长辈们和小辈们：

  我们已经动身，前往白马的故乡和蓝风的来处。我们走后，请在你们的心中为我们保留一个小小的角落。

白马女孩和蓝风男孩

这就是他们留下的全部线索，鲁特伯格国西陲的人们根据这封信不断猜测，猜这两个亲爱的人儿究竟去了哪里。

许多年过去了。一天,一个灰衣人骑马经过鲁特伯格国。他看上去风尘仆仆,一副远道而来的模样。于是,他们问了他一个问题,每次遇到像他这样骑着马远道而来的人,他们总会抛出这个问题:"你见过白马女孩和蓝风男孩吗?"

"见过,"他回答,"我见过他们。"

"我是在离这儿很远很远的地方见到他们的,"他继续说,"骑马去到他们所在的地方,也要花上好多好多年。那里地势突然抬高,磐石拔地而起,而他们两人并肩坐着,互相说说笑笑,有时还唱起歌来。他们极目遥望,视线越过碧蓝的水面,一直望到水天相接、碧蓝一色的地方。

"'看!'那个男孩说,'那就是蓝风的来处。'

"在碧蓝水面的尽头,比蓝风的来处更近一些的地方,可以看见许多白色的鬃毛、白色的马腹、白色的鼻子,还有疾驰的白色马蹄。

"'看!'那个女孩说,'那就是白马的故乡。'

"然后,在更靠近陆地的地方,一小时之内数以千计、一天之内数以百万计地出现了数不清的白马，有些洁白如雪，有些纯白如同新洗的羊毛，还有些亮白如同新月洒下的银光。

"我问他们：'这是谁的地方？'

"他们回答：'这个地方属于我们。这就是我们动身寻找的地方，这是白马的故乡，也是蓝风的来处。'"

这就是马背上的灰衣人能向鲁特伯格国西陲的人们讲述的全部故事。他说，他就只知道这些了，要是他还知道更多关于白马女孩和蓝风男孩的事，他一定会告诉大家的。

而白马女孩和蓝风男孩的爸爸妈妈啦，兄弟姐妹啦，叔舅姑姨啦，他们仍然感到大惑不解，纷纷议论着：这个故事是马背上的灰衣人凭空捏造出来的吗？又或者他所言不虚，真有其事？

无论如何，在碗碟都已洗好、空气渐渐凉爽的夏夜，或是在灯光点亮、炉火燃起的冬夜，鲁特伯格国的爸爸妈妈常常会给孩子们讲起这个白马女孩和蓝风男孩的故事。

六个气球女孩对马背上的灰衣人说的话

从前,有一个灰衣人骑着马经过鲁特伯格国。他看上去风尘仆仆,一副远道而来的样子,仿佛跟那个自称见过白马女孩和蓝风男孩的灰衣人是兄弟。

他在奶油泡芙村停了下来。他灰色的面容布满忧愁,他灰色的眼睛深沉而悲伤。他说话很简练,人也显得很刚强。有时,他的眼睛仿佛就要迸发光亮,可是那团火焰却又消失在满眼的阴翳中。

不过——他也曾放声大笑。那次,他的确昂起头,面朝天空,发出了一长串笑声。

在奶油泡芙村的大街上,有一间大线轴圆顶屋,每当这座轻飘飘的小村被风儿刮跑,人们就转动线轴把它给拽回原处。在大线轴圆顶屋的附近,灰衣人正骑着马缓缓前进,忽然遇到了六个女孩,六个各梳着六根细细的辫子、各有六只气球的女孩。确切地说,这六个女孩中的每一个,都梳着六根细细长长的辫子,而每一根辫子的尾端都系着一只气球。一阵蓝风轻轻地吹过,风儿上下吹拂,忽快忽慢,那些系在女孩们辫子上的气球也随风摇摆,飘上飘下,忽快忽慢。

自从来到奶油泡芙村,这是头一次,灰衣人的眼中充满了光亮,脸上也开始浮现希望。他来到那六个女孩和她们的辫子上飘浮的气球跟前,勒住了马。

"你们要到哪里去?"他问。

"谁——呼——呼?谁——呼——呼?"六个女孩

欢快地叫道。

"你们六个，还有你们的气球，要到哪里去？"

"噢，呼呼呼，要回到我们的来处。"她们一边说，一边前后左右地摇摆着脑袋，那些气球自然也跟着前后左右地摇摆起来，因为气球紧紧地系在她们细细的辫子上，而辫子牢牢地长在她们的脑袋上。

"等你们回到了你们的来处，又要到哪里去？"他顺口接着问。

"噢，呼呼呼，那我们就再次出发，一路向前，沿途瞧一瞧看一看。"她们顺口接着答，齐声说道。然后，她们低下头又昂起来，那些气球自然也就跟着落下去又扬起来。

于是他们聊了起来，他顺口往下问，六个气球女孩也就顺口往下答。

终于，他悲伤的嘴角露出了笑容，他的眼睛明亮起来，犹如丰收的田野上初升的朝阳。他对她们说："给我讲讲，为什么是气球——这就是我想问你们的——为什么是气球呢？"

第一个小女孩用大拇指支着下巴，望向她的六只气球，它们随着轻轻的蓝风飘浮在她的头顶。她说：

"气球是美好的愿望，是风儿许下的愿望。西风许下的愿望变成红气球，南风许下的愿望变成蓝气球。至于黄气球和绿气球呢，它们分别是东风和北风许下的愿望。"

第二个小女孩把大拇指按在鼻子旁边，望向她的六只气球，它们就像山间的花儿一样，随着微风上下晃动。她说：

"每只气球原本就是一朵花。花儿累了，就把自己变成了气球。有一次，我听见一只黄气球在说话，它像人一样自言自语。它说：'我原本是一朵黄色的南瓜花，低低地贴着泥土生长。现在我成了一只黄色的气球，高高地飘在空中，再也没有人能踩到我了，而且，我样样东西都能看得一清二楚。'"

第三个小女孩抓住自己的两只耳朵，像要防止它们摇来晃去，她滑行、跳步、一个急转弯，抬头望向她的气球，说出了这么一番话：

"一只气球其实就是一个泡泡。它的来历跟肥皂泡一样。很久以前,它总在水面上滑行,滑过河面、滑过海面、滑过瀑布,沿着乱石嶙峋的瀑布一口气往下滑,总之什么样的水面它都滑。后来,风儿看见这个泡泡,就把它捡起来,带在身边,还对它说:'现在你是一只气球啦——跟我去见见世面吧。'"

第四个小女孩纵身向空中跃起,她的六只气球也随之一跃,仿佛松开了束缚,要飘到天上去似的。等这小女孩落回地面,双脚站稳,她抬头望向那六只气球,给出了所有人中最简短的回答:

"气球就是为了让我们抬头向上看,这对我们的脖子有好处。"

第五个小女孩先用一只脚单脚站,再换另一只脚单脚站,先把头弯到膝盖那儿,看着自己的脚指头,然后又把头直直甩起来,望向那些带斑点的黄气球、红气球和绿气球,它们正在迎风招展。她说:

"气球是从果园里来的。那里的橙子树,树上一半长着橙子,一半长着橙子气球。那里的苹果树,树上一半长着红皮皮苹果，一半长着红皮皮苹果气球。再看看那里的西瓜吧：一个瘦长的绿气球，肚子上带着黄白相间的条纹，那是个西瓜幽灵，是从一个逝去的西瓜里头冒出来的。"

第六个小女孩，也就是最后一个小女孩，用右脚尖踢着左脚跟，把两个大拇指分别放在两只耳朵下面，摇动着她的手指。接着她脚不踢了，手也不摇了，站定，抬头望向她的气球。气球静止不动，因为风已经停了。她喃喃说着，好像正在暗自忖思：

"气球是从火逐者那儿来的。每只气球都有一位火逐者在追赶它。所有的火逐者行动都极其迅速，凡是他们所到之处，都会迅速燃烧起来。因此气球要十分轻盈，这样它才能以最快的速度逃跑。气球得拼命逃离火的追逐，否则，它们就不能被称为气球了。不断逃离火的追逐能让它们一直保持轻盈。"

灰衣人听这六个女孩说话的时候，脸上的希冀越来越浓。他的眼睛明亮起来，第二次露出笑容。和她们道过再见之后，他继续骑马沿街前行。忽然，他昂起头，面朝天空，发出了一长串笑声。

离开村子的时候，他不断回头张望。他看到的最后一幕就是那六个女孩，她们每一个都梳着六根辫子，辫子上系着六只气球，晃晃悠悠地垂在她们的背后。

第六个小女孩用右脚尖踢着左脚跟说："他是个好人。我想他一定是我们的舅舅。如果他再次出现，我们都得问问他，请他给我们讲讲，他认为气球是从哪里来的。"

其他五个小女孩同时开口回答，有的说"对"，有的说"对，对"，还有的说"对，对，对"，就像被火逐者追赶的气球一样轻快。

亨利·海格利霍格利如何戴着手套弹吉他

一月,当我们走在乡间小路上,仰起脸看着天空,有时候会觉得天空低垂下来,离我们很近。

有时候,在那样的一月夜晚,星星看起来像一个个数字,像是刚要上学、刚开始学算术的小姑娘写下的算式。

就在这样的一个晚上,亨利·海格利霍格利正走在一条乡间小路上，他要去苏珊·斯莱克特威斯特的家。苏珊·斯莱克特威斯特是鲁特伯格国国王的女儿，住在肝片烩洋葱城附近。亨利·海格利霍格利仰起脸看天空时，感觉天空低垂下来，几乎贴到了他的鼻子上，而且星星的排列也很奇妙，就像有个小女孩在做算术题，反反复复地写数字"4"和数字"7"，一遍又一遍，写满了整片天空。

"这天气为什么冷得要命？"亨利·海格利霍格利问自己，"无论我咬牙切齿地说上多少句'要命'，也不及这寒风和严寒的天气那么要命。"

"你们真好啊，手套，让我的手指头暖暖的。"他每隔一会儿就对他戴着的羊毛针织手套这么念叨一遍。

狂风呼啸而来，把它那冰冷刺骨、又湿又黏的钳子夹在了亨利·海格利霍格利的鼻子上，钳得紧紧的，就像一个锋利的晾衣夹夹在他的鼻子上——牢牢揪住、死死咬住，无论如何也不放开。他把两只羊毛针织手套捂在鼻子上，搓了又搓，直到冷风终于松开了它那冰冷刺骨、又湿又黏的钳子，他的鼻子才又暖和起来了。他说:"谢谢你们,手套,让我的鼻子暖暖的。"

他对他的羊毛针织手套说话,就好像它们是两只小猫咪、两只小狗狗,或者两只小熊仔,或者两只爱达荷小马驹。"你们是我的好伙伴,一直陪在我身边。"他对那两只手套说。

"你知道咱左胳膊下面夹着什么吗?"他对手套说,"让我来告诉你,我左胳膊下面夹着的是什么。

"那可不是曼陀林琴,也不是口风琴,也不是手风琴,也不是六角琴,也不是小提琴。那是一把吉他,一把特制的西班牙西宾牙西普利牙吉他。

"是的,手套们,他们说像我这样年轻力壮的人应该弹钢琴,因为钢琴弹起来很方便,放在家里人人都可以弹。而且,在钢琴上摆些帽子啦,外套啦,书本啦,花啦,也都很方便。

"我对他们嗤之以鼻,手套们。我告诉他们,我在一家五金店的橱窗里看见了这把特制的西班牙西宾牙西普利牙吉他,只卖八块五毛钱。

"于是呢,手套们,你们还在听吗手套们,等玉米

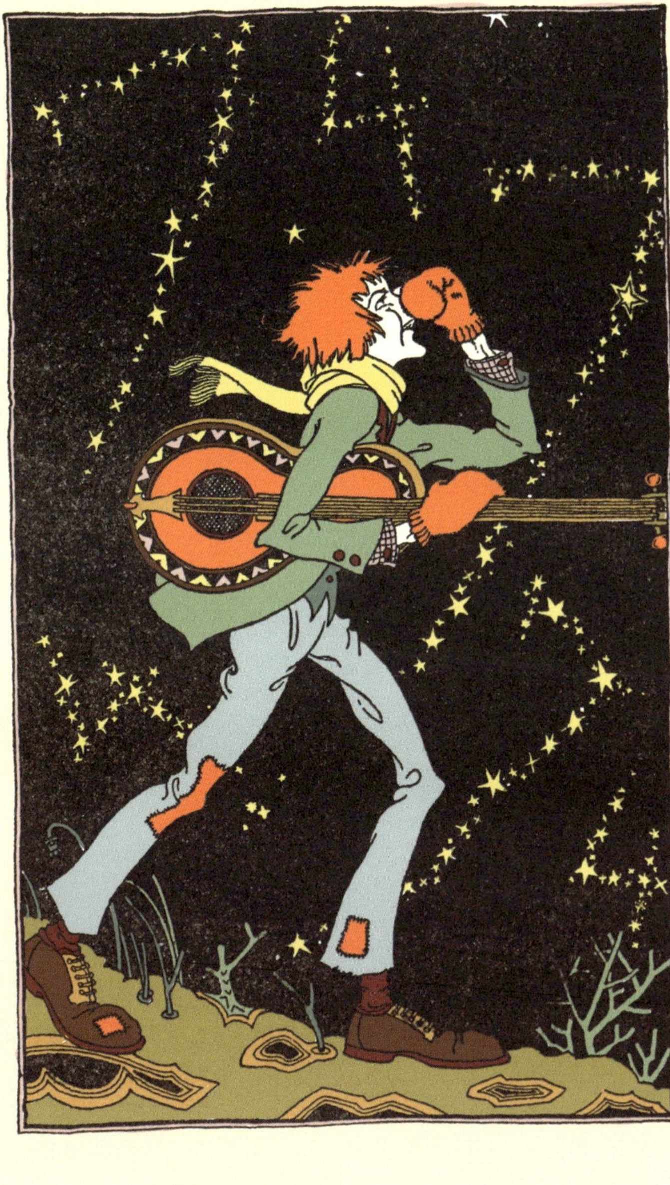

全都剥完了壳，燕麦全都脱好了粒，大头菜也全都从地里挖出来了，我就把八块五毛钱揣进我的里层马甲口袋，去了那家五金店。

"我把大拇指塞进马甲口袋，摇晃着手指，就像人们想着即将到手的好东西，不禁感到洋洋自得的模样。接着，我对五金店的店长说：'作为您的一位高级顾客，我今晚想要购买的那件物品，那件我想买给自己使用的物品，正是橱窗里的那件物品，那把西班牙西宾牙西普利牙吉他。'

"手套们，如果你们还在听，我就告诉你们，我要带着这把西班牙西宾牙西普利牙吉他，去苏珊·斯莱克特威斯特的家，她是鲁特伯格国国王的女儿，就住在肝片烩洋葱城附近。我要去给她唱一首小夜曲呢！"

这冷得要命的大冷天，寒风吹啊吹啊吹，想把亨利·海格利霍格利左胳膊下夹着的吉他给吹掉。风刮得越猛烈，他就把胳膊夹得越紧，把吉他护得越牢。

他迈开长长的双腿，跨着大大的步子，往前走啊走。终于，他停下脚步，把鼻子伸向空中，用力嗅了嗅。

"我是不是闻到什么味道了?"他问道。他把两只羊毛手套捂到鼻子上,搓了又搓,直到鼻子暖和起来。接着,他又用力嗅了嗅。

"啊哈,是了,没错,就是这一大片大头菜地!鲁特伯格国国王的家,也就是他女儿苏珊·斯莱克特威斯特的家,就在这附近啦。"

终于,他来到那栋房子前面,站在窗下,把吉他挂到身前,开始弹奏他要唱的歌。

"现在,"他问他的手套,"我是该把你们脱下,还是继续戴着?如果我把你们脱下,在这冷得要命的大冷天,寒风会让我的手冻得要命,冻得僵硬,要是手指冻僵了,我可就弹不了吉他了。我还是戴着手套弹吧。"

于是他就这么做了。他站在苏珊·斯莱克特威斯特家的窗下,戴着手套弹吉他。那双羊毛针织手套暖融融的,怪不得他说它们是他的好伙伴。在一个冷得要命的冬夜,天寒地冻,寒风呼啸,一个年轻力壮的男子戴着手套为他的心上人弹吉他,这还是头一回呢。

苏珊·斯莱克特威斯特打开窗，扔给他一根雪鸟的羽毛当作定情信物，让他时刻挂念着她。此后的许多年里，鲁特伯格国还有许多少女对她们的爱人说："如果你想和我结婚，就在冬天的夜晚来到我的窗下，戴着羊毛针织手套弹吉他给我听吧。"

亨利·海格利霍格利迈开长长的双腿，跨着大大的步子，一路走回家去。他对手套说："这把特制的西班牙西宾牙西普利牙吉他会给我们带来好运的。"然后，他仰起脸看着天空，天空仿佛低垂下来，离他很近；他还看见星星排出奇妙的形状，就像刚要上学的小女孩写出的数字和算式。她在学写数字"4"和数字"7"吧，反反复复地写，写了一遍又一遍。

千万别把舞鞋对着月亮踢

要是一个女孩在鲁特伯格国长大,她会渐渐懂得,有些事可以做,有些事不能做。

"当舞鞋月亮升起来时,当那玲珑的新月看上去像舞者的足尖和脚跟时,可千万别把舞鞋对着月亮踢哦。"这是愿先生对他的女儿彼得土豆开花愿的忠告。

"为什么?"她问爸爸。

"因为你的舞鞋会径直冲着月亮飞过去,飞啊飞啊,把自己牢牢地套在月亮上,好像月亮是一只准备跳舞的脚一样。"愿先生说。

"很久以前,一天晚上,一个秘密在房间和鞋柜里的鞋子之间传遍了。这个小声传播的秘密就是:'今晚,世界上所有的单鞋、所有的舞鞋,还有所有的靴子,都将脱离人的脚,自己走起路来。今晚,等那些白天把我们穿在脚上的人,通通躺在床上睡熟了,我们就起来自己走路,到白天曾走过的路上走来走去。'

"午夜时分,当人们在床上熟睡时,各地的单鞋啦,舞鞋啦,靴子啦,通通走出了房间和鞋柜。它们走在街边的人行道上,走上楼梯又走下楼梯,走过长长的走廊。这些单鞋啦,舞鞋啦,靴子啦,迈着沉重的步子,磕磕绊绊地向前走。

"有些鞋子走得很轻盈,步子轻快又自如,就像白天脚步轻快的人。有些鞋子走得很笨拙,脚跟重重地踩下去,脚尖再缓缓落地,就像白天脚步笨重的人。

"有些鞋子脚尖向内,走着内八字步。有些鞋子脚尖向外撇,脚跟向内扣,走着外八字步。正如白天也有人内八字、外八字地走路。有些鞋子兴冲冲地跑着,有些鞋子则无精打采地蹒跚着。

"现在要说到奶油泡芙村的一个小女孩。那天晚上,她参加完舞会,回到了家。在舞会上,她跳了圆舞,又跳方块舞;跳了单步舞,又跳双步舞;跳了足尖舞,又跳踢踏舞;挨得近近地跳,又离得远远地跳。那一晚上,她跳得真是累极了。因此,筋疲力尽的她只顾得上脱掉一只舞鞋,就倒在床上睡着了,另一只舞鞋还穿在脚上。

"第二天早上,天还没亮她就醒了。她走到窗边,抬头看着天空,只见高远之处有一弯舞鞋月亮,它正在一片浩瀚的深蓝月空中翩翩起舞。

"'天啊——多美的月亮啊——多美的舞鞋月亮啊!'她不禁开口哼唱起来。

"她打开窗,又说了一句:'天啊!多美的月亮啊!'接着,她就伸出那只穿着舞鞋的脚,径直对着月亮踢了一下。

"那只舞鞋飞了出去,在月光中,它向上飞去,飞啊飞啊,越飞越高,越飞越高。

"那只舞鞋再也没有回来,也没有人再见过它。每当有人向小女孩问起它的下落,她就会说:'它从我脚上滑了下来,然后就一路向上飞,越飞越高,我最后一次看见它时,它正直冲着月亮飞过去呢。'"

这就是为什么鲁特伯格国的爸爸妈妈们会叮嘱成长中的孩子:"当舞鞋月亮升起来时,当那玲珑的新月看上去像舞者的足尖和脚跟时,可千万别把舞鞋对着月亮踢哦。"

7

一个关于"只有火生族才懂蓝色"的故事

主要角色： 火山羊
　　　　　菲林鹅
　　　　　雾人
　　　　　影子们
　　　　　火生族

沙滩上的影子

火山羊和菲林鹅在外头露宿。他们上方是几棵矮松树，而矮松树之上，又高又远的地方，是闪烁的群星。

他们露宿在一片白沙滩上。沙滩很开阔，一直延伸到大澎湃湖的湖畔。

依着绵延的沙滩，傍着澎湃的湖水，有一间高高的屋子，那里是雾人画画的地方。灰色的画，蓝色的画,有时加点金色,通常加的是银色。

雾人画画的那间高屋子之上,就是闪烁的群星。

而在万物之上,最高最远处,终归是闪烁的群星。

火山羊摘下他的双角,菲林鹅脱下他的翅膀。"我们就在这里睡觉吧,"他们对彼此说道,"就在这儿,在矮松林下、白沙滩上、大澎湃湖畔。而在万物之上,最高最远处,还有闪烁的群星。"

火山羊把双角放到脑袋下面,菲林鹅也把翅膀放在脑袋下面。"这是最适合藏东西的地方了。"他们对彼此说道。然后,他们交叉手指祈求好运[1],接着就躺下睡觉,并且睡着了。他们呼呼大睡时,那些雾人还在画画。灰色的画,蓝色的画,有时加点金色,通常加的是银色。这些就是火山羊和菲林鹅在睡梦中时,雾人们画个不停的画。而在万物之上,最高最远处,终归是闪烁的群星。

他们醒来了。火山羊把他的双角拿出来戴上。"现

---

[1] 在西方文化中,将中指叠在食指上,两根手指交叉形成十字状,代表祈求好运。

在是早上了。"他说。

菲林鹅把他的翅膀拿出来装上。"现在是第二天了。"他说。

然后他们坐下来张望。在那太阳遥遥升起的地方，一些小斑点逐寸逐寸地缓慢攀升，越过大澎湃湖湖岸长长的弧弯，渐渐地沿着东边天际排成了一列长队，那是一些人和动物，全都是黑乎乎的，或者说灰得近乎黑色。

有一匹大马，张着嘴巴，两耳向后贴，两条前腿像收割的镰刀般弯成两条弧线。

有一头双峰骆驼，行动缓慢又庄重，仿佛他有无穷无尽的时间可以走下去。

有一头大象，没有脑袋，却有六条短短的腿。有一大群牛。还有一个男人，肩上扛着根棍子，以及一个女人，肩上挂着个包袱。

他们不断走着，似乎漫无目的。并且他们走得很慢，反正他们有大把时间，又没有别的事情可做。他们注定要这么走着，很久以前就注定了。因此他们就这样不断走着。

有时候,大马的脑袋耷拉下来,渐渐掉了队,接着又重新赶上来。有时候,双峰骆驼的脑袋耷拉下来,渐渐掉了队,接着又重新赶上来。有时候,男人肩上的棍子变得越来越粗,越来越重,把他压得不堪重负,脚步蹒跚。可没过多久,男人的腿就变得越来越粗壮,越来越有力,他稳住脚步,挺起身,继续前进。有时候,女人肩上的包袱也变得越来越大,越来越重,直往下坠,把她压得不堪重负,脚步蹒跚。接着,她的腿也变得越来越粗壮,越来越有力,她也稳住脚步,挺起身,继续前进。

东边天空上这一幕幕接连不断的景象,在火山羊和菲林鹅眼前展开了一场表演、一场杂耍、一场盛大的马戏。

"这是什么,他们是谁,为什么出现在这里?"菲林鹅问火山羊。

"你问我这些问题,是真心想知道答案吗?"火山羊问。

"是的,关于这个问题,我想得到诚实的答案。"

"难道你们菲林鹅的爸爸妈妈、叔舅姑姨、亲朋好友,都没有对你说起过他们是谁吗?"

"从来没有人向我提起过这样的问题。"

菲林鹅举起手指说:"看,我没有一边说话一边偷偷交叉手指[1],我说的可不是假话。"

于是,火山羊开始向菲林鹅一五一十地讲解起来,关于这一幕幕映着朝阳在东边天空上接连不断的景象,那场表演、那场杂耍,以及那恢宏壮丽的奇观。

"人们都说他们是影子,"火山羊开始说了,"'影子'是一个名称、一个词语、一声咳嗽般的发音和几个短短的音节。

"在有些人看来,影子很滑稽,只能引人发笑。在另一些人看来,影子像一张嘴和它的呼吸。嘴里的气呼出来,无影无踪,就像空气一样,谁也不能将它收入囊中,把它带走。它不可能像金子那样融化,也不

---

[1] 在部分西方国家的习俗中,人们发假誓、说假话时也会偷偷交叉手指,以此抵消说谎带来的厄运和惩罚。

可能像炉渣那样用铲子铲起。因此，对这些人来说，它毫无意义。"

"不过还有另外一些人，"火山羊继续说，"另外一些能懂得影子的人。火生族就能懂得。火生族明白影子从哪里来，为何会出现。

"很久以前，世界的创造者们造好了这个圆形的地球，接着他们准备造一些动物，把它们放到地球上去。可是，他们拿不准怎么造动物，因为他们不知道动物该是什么模样。

"于是他们开始练习。一开始，他们没有造出真正的动物，只造出了动物的模样。这些模样就是影子，就跟你和我——火山羊和菲林鹅——今天早上隔着澎湃的湖面，映着初升的太阳，在东边天空上看见的影子一样。

"那里，东边天空上的那匹马，那匹张着嘴巴、两耳向后贴、两条前腿像收割的镰刀般弯成两条弧线的马，正是很久以前创造者们尝试造真马的时候，造出来的一匹影子马。那匹影子马是个瑕疵品，于是他们就把它给扔掉了。你永远不会看到两匹一模一样的影子马，天空中所有的影子马都模样各异。不过，每一匹都是瑕疵品。一匹影子马之所以被扔掉，就是因为它不够完美，不能成为一匹真正的马。

"那头没有脑袋的大象，用六条腿跌跌撞撞地走着；那头大骆驼的两个驼峰，一个比另一个大；至于那一大群牛，它们前面长着角，后面也长着角。它们全都是瑕疵品，它们之所以被通通扔掉，就是因为它们不够完美，不能成为真正的大象、真正的骆驼、真正的牛。它们只是创造者的习作。那时世界才刚刚形成，像我们现在这样迈着腿觅食和生活、生存在地球上的真正的动物还没有出现呢。

"你看那个男人，他肩上扛着根棍子，正脚步蹒跚地走着。他的长胳膊一直垂到膝盖的位置，有时他的手掌还拖在脚后头。你看他肩膀上的棍子多么沉重，让他不堪重负，只能拖着步子往前挪。他就是最古老的影子人之一。他也是个瑕疵品，于是他们把他扔掉了。他也只是创造者的习作。

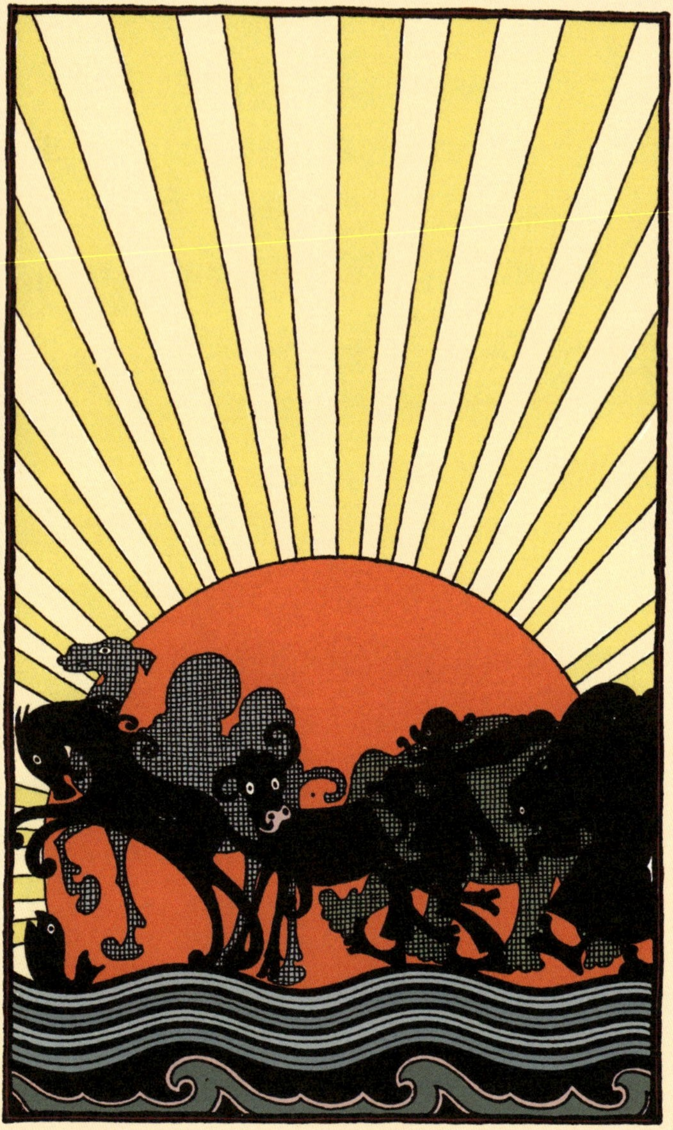

"再看那个女人,她正走在影子队列的末尾,沿着东边的天空跨越澎湃的湖面。她的肩上挂着个包袱。有时这包袱会变得越来越大,那个女人就蹒跚起来。接着她的腿变得越来越粗壮,越来越有力,她就稳住脚步,挺起身,一边走一边摇头。跟队列里的其他人和动物一样,她也是个影子,也是个瑕疵品。早在世界之初,她就被创造出来了,同样是创造者的习作。

"听着,菲林鹅,我告诉你的是我们火生族的秘密。我不知道你听明白了没有。我们一起在大澎湃湖畔、白沙滩上、矮松林下睡了一夜,矮松林之上还高悬着闪烁的群星——因此,我把火生族世代相传的秘密告诉了你。"

那一天,火山羊和菲林鹅沿着大澎湃湖畔平缓的沙滩一路前行。那天到处都是蓝色,阳光与水天相互映照,蓝得光焰灼灼。大澎湃湖的北面是大海般的青蓝色;东面时而泛起紫色的斑驳,时而变幻着蓝铃花色的条纹;至于南面的湖水,则是银光闪闪的蓝色,一片纯粹的银蓝。

那天清晨走过东边天空的影子戏团，犹如天边的飞鸟，排成一长串蓝色的斑点。

"只有火生族才懂蓝色。"火山羊对菲林鹅说。那天晚上，他们像前一晚一样，睡在那片平缓的沙滩上。也像前一晚一样，火山羊把他的双角摘下来放在脑袋下，睡起觉来。菲林鹅也把他的翅膀脱下来放在脑袋下，睡起觉来。

夜里，火山羊两次在梦中呢喃，他对群星呢喃着："只有火生族才懂蓝色。"

8

两个关于玉米仙子和蓝狐狸、福龙布在美加两国的际遇的故事

主要角色： 斯宾克

　　　　　斯卡布奇

　　　　　故事的作者

　　　　　玉米仙子

　　　　　蓝狐狸

　　　　　福龙布

　　　　　费城的一个警察

　　　　　列车员

　　　　　梅迪辛哈特的首席天气观测员

其他角色： 芝加哥报纸

　　　　　雪幽灵

如何辨认玉米仙子

如果你留心观察过一排排玉米苗从黑土地上冒出嫩芽，然后逐渐长成一棵棵高大的玉米，长啊长啊，从夏天的"小玉米月亮"出现，一直长到秋天又大又圆的"玉米丰收月亮"挂在天空的时节[1]，那么，你准

---

1 在北美地区，一年中的每个满月都有对应的俗名。八月的满月的俗名之一就叫"绿玉米月亮"，因为此时玉米刚刚结穗；离秋分最近的那次满月的俗名则叫"玉米丰收月亮"，因为此时玉米进入了丰收季节。

会不由自主地猜想：是谁帮助玉米不断长大成熟的呢？那就是玉米仙子。要是没有玉米仙子，可就结不出玉米了。

所有孩子都知道这件事情。所有男孩和女孩都知道，全靠玉米仙子在，玉米才有好收成。

你是否曾经站在伊利诺伊州或爱荷华州的原野上，看着夏末的风，或者早秋的风吹过一大片玉米地？那番景象，就像一块又大又长的绿毯为舞者铺开，等待他们前来跳舞。要是你凑近了看，凑近了听，有时你也许能看到玉米仙子出现在绿毯上，正在载歌载舞呢。如果这天的天气极端，既有炎炎烈日倾泻光焰，又有干冷的北风不断吹袭——这种情况时不时也会发生的——你准会在这块又大又长、银光闪闪的绿毯上看到成千上万的玉米仙子。她们调皮地摆出一副威风凛凛的大仪仗队的样子，来来回回地行进，穿插变换着队形。她们还会唱歌，不过，要想听到她们的歌声，你可得屏声静气、洗耳恭听了。她们"哗啦悉沙，哗啦悉沙沙"地唱着轻柔的歌儿，每支歌儿都比眼睛一眨还要轻盈，比内布拉斯加州一个小婴儿的大拇指还要柔软。

有一个名叫斯宾克的小女孩，她跟这个故事的作者住在同一栋房子里。同样住在这里的还有一个名叫斯卡布奇的小女孩。斯宾克和斯卡布奇都在问着同样的问题："如果我们看见了玉米仙子，要怎么辨认她们？如果我们遇到了玉米仙子，我们怎么知道她就是玉米仙子呢？"下面就是故事的作者向比斯卡布奇大的斯宾克和比斯宾克小的斯卡布奇做出的解释。

所有的玉米仙子都穿着工装背带裤。玉米仙子们卖力工作，并且感到自豪。她们感到自豪的原因是她们卖力工作，而她们卖力工作的原因是她们都穿着工装背带裤。

但是你要知道，她们的工装背带裤是玉米金布做的，那可是用成熟发黄的玉米叶和十月份金灿灿的玉米须混纺而成的。在"玉米丰收月亮"升上天空的第一周，随着红红的月亮变成黄色又变成银色，成千上万的玉米仙子就坐在一排排玉米畦间，忙着纺布、缝衣，制作着她们在即将到来的冬天、来年春天和来年夏天要穿的工装背带裤。

她们做针线活儿时盘腿而坐。每一个玉米仙子在"丰收月亮"下缝制衣服时，都必须将大脚趾指向月亮，这是她们的规矩。傍晚时分，天边刚刚升起红得像血一样的月亮，这时她们将大脚趾斜斜地指向东方。随着夜色渐深，午夜将至，月亮变成了黄色，悬在半空中，她们盘着腿做针线活儿时，大脚趾也半斜着。午夜过后，银盘似的月亮升上高高的天顶，接着向西坠去。这一来，玉米仙子们坐着做针线活儿时，大脚趾几乎竖直向上了。

如果遇上一个凉爽的夜晚，感觉像要结霜一样，这种时候，玉米仙子的欢笑可真是一道风景。她们坐着缝制来年的衣服时，一直一直笑个不停。倒不是说她们有一条必须要笑的规矩。她们笑是因为将迎来玉米丰收的好年头，一想到就高兴得情不自禁笑起来。

每当玉米仙子笑的时候，笑声就像金色的薄霜一样从嘴里冒出来。有幸看见一千位玉米仙子坐在一排排玉米畦间齐声欢笑,看到她们欢笑时嘴里冒出金色的薄霜,你也准会大开眼界,快活地跟着笑起来。

那些走得远、见识多的旅人们说,要是你对玉米仙子有真正的了解,你就能从她们衣服上的针脚辨认出她们来自哪个州。

在伊利诺伊州,玉米仙子们用成熟的玉米须在织好的玉米金布上缝十五针;在爱荷华州,她们缝十六针;到了内布拉斯加州则缝十七针。越靠西边,玉米仙子给自己做玉米布衣服的时候,在布上用玉米须缝的针脚就越多。

有一年,在明尼苏达州,有一群玉米仙子,身上各披着一条矢车菊的蓝色绶带。同一年,在达科他州,所有的玉米仙子都戴着南瓜花的颈饰,有些是黄领带,有些是黄领巾。还有一年特别奇怪,在俄亥俄和得克萨斯两个州的玉米仙子,纷纷戴上了白色牵牛花的细手链。

有一位旅人听说了这件事,追根究底地问了许多问题,终于打听出来那年玉米仙子纷纷戴上白色牵牛花细手链的原因。他说:"每当玉米仙子感到悲伤,她们就会穿戴白色。而那一年呢——那是很久以前了,那年人们正要拆除所有老旧的折线形横木栅栏。可那些老旧的折线形横木栅栏在仙子们看来非常美好,因为栅栏的一根横木上能坐一百位小仙子,那么,一道长长的折线形横木栅栏上就能坐成千上百的小仙子。在月光皎洁的夏夜,玉米仙子们一起坐在栅栏上,'哗啦悉沙,哗啦悉沙沙'地唱起歌儿来,那歌声比眼睛一眨还要轻盈,比婴儿的大拇指还要柔软。她们发现,那一年将是那些折线形横木栅栏存在的最后一年。这让她们既遗憾又悲伤,而当她们感到遗憾和悲伤的时候就会穿戴白色。于是,她们摘下攀缘着折线形横木栅栏一路盛开的美丽的白色牵牛花,把花儿做成了细手链。第二年,她们纷纷戴上手链,以此来表示她们的遗憾和悲伤。"

当然了,前面说的一切都有助于你了解玉米仙子在傍晚、夜里和月光下的样子。现在我们来看看她们在白天是什么样子的。

白天，玉米仙子们穿着玉米金布做成的工装连体裤，走在一排排玉米间。她们爬上玉米秆子，处理玉米的叶子、秆子以及玉米穗上的各种问题。她们帮助玉米生长。

她们每个人的左肩上都背着一把鼠刷，用来驱赶地里的田鼠。她们的右肩上则背着一把蟋蟀扫帚，用来驱赶地里的蟋蟀。那刷子是把毛刷，可以刷走傻掉了的老鼠。那扫帚也可以扫走傻掉了的蟋蟀。

每个玉米仙子的腰间都系着一条黄腰带，腰带上还插着一把紫色的月亮锤。每当风儿刮得很猛，几乎要把玉米吹倒时，玉米仙子就跑出去，从她们的黄腰带里取出紫色的月亮锤，用钉子把玉米秆钉住，以免它们被风吹倒。当狂风暴雨在玉米地里疯狂肆虐的时候，有一件事情是你可以确信的——那些在一排排玉米间和风同样疯狂奔跑的，就是玉米仙子。她们从腰带中飞快地抽出紫色的月亮锤，钉下钉子，好让玉米保持挺立。这样一来，玉米就能继续生长，等到秋天的丰收满月再度升起时，地里的玉米都会成熟，变得饱满而甜美。

斯宾克和斯卡布奇问:"玉米仙子是从哪里弄到的钉子呢?"

她们俩得到的回答是:"如果你们到下周之前都好好洗脸,好好洗耳朵,下周你们就会知道得一清二楚,究竟玉米仙子是从哪里弄到钉子来钉玉米秆子的。"

下一次,如果你在夏末秋初时节,驻足眺望那开阔连绵的玉米地,当风儿吹过一大片银光闪闪的绿色,你可要屏声静气、洗耳恭听了。也许你会听到玉米仙子们"哗啦悉沙,哗啦悉沙沙"地唱着歌儿,她们唱的歌比眼睛一眨还要轻盈,比内布拉斯加州一个小婴儿的大拇指还要柔软。

动物们如何从费城到梅迪辛哈特，
让他们的尾巴失而复得

沿着北美大陆一路北上，靠近萨斯喀彻温河；在小麦之乡温尼伯郡，距离因一头驼鹿在此地被猎人射中下颌而得名的驼鹿颌镇不远，直到暴风雪和干燥灼热的钦诺克风的发源地；在那里，除非万不得已，谁也不去干活儿，可基本上大家都不得不工作。那里有个地方叫作梅迪辛哈特。[1]

那里有一座高高的山，高高的山上有座高高的塔，高高的塔上有个高高的凳子，凳子上坐着首席天气观测员。

每当梅迪辛哈特的首席天气观测员开小差，动物就会失去它们的尾巴。

动物的尾巴都又干又硬，因为尘土飞扬的干燥天气已经持续了很长的时间。后来，总算下雨了。倾盆大雨从天而降，淋在动物的尾巴上，它们的尾巴就湿透了，变软了。然后，刺骨的寒气戴着冰冻手套呼啸而来，把动物的尾巴全都冻僵了。紧接着，刮起了一阵大风，风刮啊刮，最后所有动物的尾巴都被刮跑了。

对胖墩墩的短腿猪来说，失去那根又粗又短的尾巴倒也无所谓。可是对蓝狐狸来说，没有尾巴可就大事不妙了。他无论跑动、进食、散步、聊天，乃至在雪地上画画、写信，通通都要用到尾巴。就连把一片

---

[1] 本段的萨斯喀彻温河、温尼伯、驼鹿颌（如今通行音译为穆斯乔）、梅迪辛哈特，都是加拿大的地名，靠近美加边境。

肥瘦相间的培根藏到河边的大石头下，等想吃时再拿出来吃，他也离不开尾巴的辅助呢。

对兔子而言，失去尾巴只是小事一桩，因为他虽然有长长的耳朵，尾巴却短得像拇指大小的白色棉球，本来就约等于没有尾巴。可是在黄色福龙布[1]看来，失去尾巴真是千难万难。福龙布的家在一棵空心树里，夜幕降临后，他得把自己的尾巴当成橙黄色的火炬，以此照亮他的屋子。福龙布离不开他的尾巴，每当他夜里在草原上潜行，蹑手蹑脚地寻找美味的猎物时，他还要靠尾巴来照亮道路呢。

因此，他们选了一些代表，组成一个委员会，代表大家召开磋商会议，讨论该采取些什么措施来解决问题。委员会里共有六十六位代表，因此他们决定管这个委员会叫"六十六位委员会"。这是个令人信服的委员会，当代表们坐在一起，他们鼻子下的嘴巴都紧紧闭着，就像一个德高望重的代表该有的样子。他们还不停眨巴鼻子上的眼睛，掏着耳朵，挠着下巴，看

---

[1] 作者捏造出的一种虚拟动物。

起来很有想法，就像一个德高望重的代表该有的样子。任凭谁看到他们都会说："这可真是个令人信服的委员会呀！"

当然啦，如果他们的尾巴还在的话，他们看起来还会更加德高望重。要是一只蓝狐狸身后的那条大波浪形蓝尾巴被刮跑了，他就显得不够德高望重了。或者说，要是一只福龙布身后的那条橙黄色火炬般的长尾巴被刮跑了，他也没法像刮风前那么德高望重了。

于是，这个"六十六位委员会"准备召开一场会议，讨论该采取些什么措施来解决问题。他们选了一位老福龙布作为主席，他曾经是一位仲裁官，审理过许多纠纷。福龙布们称他为"仲裁官中的仲裁官""仲裁之王""仲裁王子"和"仲裁贵族"。要是两家邻居之间发生了争斗、结下了冤仇，或者有什么相互扯皮的事儿，他们总会请这位老福龙布前来仲裁，请他说说究竟哪家有理，哪家没理，纠纷是由哪家挑起，该由哪家息事宁人。他过去常说："最好的仲裁官懂得把握分寸，适可而止。"这位老福龙布来自马萨诸塞州，出生于查帕奎迪克群岛附近，他把家安在南哈德利和北安普顿两地中间的一棵六英尺粗的马栗树里。他还没失去尾巴的时候，一到晚上，他就用他那条橙黄色火炬般的尾巴照亮空空的马栗树大树洞。

他经由多次口头提名入围主席候选者，并被票选为主席，这之后，他就站上主席台，拿起小槌子砰地一敲，示意"六十六位委员会"的磋商会议正式开始。

"失去尾巴，绝非儿戏，我们今天可是来谈正事的。"老福龙布说道，又砰地敲了一下手中的小槌子。

一只来自得克萨斯州韦科市的蓝狐狸站了起来。他的耳朵里塞满了蓝帽花[1]的干叶子，他住在布拉索斯河附近的一个洞穴里，叶子就是从那里带出来的。

蓝狐狸开口说："主席先生，我能发言吗？"

"你可以畅所欲言，我知道你想说些什么。"主席说。

蓝狐狸说："我向您提议，主席先生，本委员会到费城搭乘火车，一路坐到终点站，然后换乘另一列火

---
1 蓝帽花是得克萨斯州州花，又名得州羽扇豆。

车，就这样一列又一列地换乘火车，一直坐到梅迪辛哈特，那里靠近萨斯喀彻温河，地处小麦之乡温尼伯郡。那个地方有一座高高的山，高高的山上有座高高的塔，高高的塔上有个高高的凳子，首席天气观测员就坐在凳子上观测天气。我们去问问他，去求求他，看他能不能好心相助，召唤出能把我们的尾巴带回来的那种天气。当初正是那种天气带走了我们的尾巴，所以，那种天气也准能把我们的尾巴带回来。"

"凡是赞成这项提议的，"主席说，"请用右爪掏一掏右耳。"

所有的蓝狐狸和所有的福龙布马上用右爪掏起了右耳。

"凡是反对这项提议的，请用左爪掏一掏左耳。"主席又说。

所有的蓝狐狸和所有的福龙布又立刻用左爪掏起了左耳。

"大家既赞成又反对这项提议——这可真是胡闹，"主席说，"再来一次，凡是赞成这项提议的，请踮起后腿的脚尖站着，仰起脸，鼻子直冲天空。"于是，所有的蓝狐狸和所有的福龙布纷纷踮起后腿的脚尖站着，仰起脸，鼻子直冲天空。

"现在，"主席说，"凡是反对这项提议的，请用头倒立，头顶心抵住地面，后腿直冲天空，然后汪汪叫两声。"

这回，没有一只蓝狐狸也没有一只福龙布用头倒立，头顶心抵住地面，后腿直冲天空，汪汪叫两声。

"提议通过，这次绝非儿戏。"主席说。

于是，委员会动身前往费城，准备搭乘火车。

"劳驾您，去火车站怎么走？"主席向一位警察打听道。福龙布在费城的街道上和警察说话，这还是有史以来头一回呢！

"客气一点总有好处。"那警察说。

"请问，能否劳动您的大驾，给我们指一指去火车站的路呢？我们想去搭火车。"老福龙布说。

"客气的人和蛮横的人果然不同。"那警察说。

老福龙布的眼中神色一变，在他身后原本长尾巴的地方，冒出了一小簇火炬般的火焰。他对警察说道："先生，我必须开诚布公地向您敬告，我们是'六十六位委员会'。我们是至尊至贵、德高望重的代表，来自一个以您贫乏得坦坦荡荡的地理知识不会听说过的地方。我们这个委员会将搭乘火车前往梅迪辛哈特，那里靠近萨斯喀彻温河，地处小麦之乡温尼伯郡，是暴风雪和钦诺克风发源的地方。我们要给那里的首席天气观测员带去一条特别的讯息和一项秘密的使命。"

"我是所有体面人的朋友，对他们总是客客气气的——正是由于这个原因，我才佩戴着这枚星星去逮捕那些不体面的人。"警察一边说，一边用食指摩挲着他那枚银色的镍合金星星，那枚星星用安全别针别在了他的蓝色制服外套上。

"由六十六位蓝狐狸和福龙布组成的委员会，到访美国的一座城市，这还是美国有史以来头一回呢。"老福龙布旁敲侧击道。

"请原谅我有眼不识泰山。"警察说，"火车站就在那座钟的下面。"他指向附近的一座钟。

"我代表自己感谢您,代表'六十六位委员会'感谢您,也代表全美国失去尾巴的动物感谢您。"主席最后说道。

于是他们向火车站走去,全体六十六位,半数是蓝狐狸,半数是福龙布,一齐噼提啪、噼提啪地迈着轻快的步伐。他们一个个趾爪齐全,耳朵完好,毛发一根也不少,全身上下应有尽有,只是缺了尾巴。他们走进费城火车站,并不打算说些什么。尽管如此,火车站里候车的乘客却认为他们有话要说,并且正在滔滔不绝地说着。于是那些正在候车的乘客们纷纷留心听着。然而无论他们听得多么认真,也听不到蓝狐狸和福龙布的只言片语。

"他们在用某种奇怪的语言交谈,他们的家乡话。"一个正在候车的乘客说。

"他们要共同保守秘密,绝对不能告诉我们。"另一个乘客说。

"明天早上,我们只要把报纸上下颠倒过来读,就能知道他们的全部秘密了。"第三个乘客说。

然后，这六十六只蓝狐狸和福龙布又一齐噼提啪、噼提啪地迈起了轻快的步伐。他们一个个趾爪齐全，耳朵完好，毛发一根也不少，全身上下应有尽有，只是缺了尾巴。他们咯吱咔嚓地踩过碎石铺成的铁轨路面，来到火车的月台棚下。接着，他们爬上了一节特别的喷烟车厢，这节车厢挂在火车头的前面。

"这节挂在火车头前面的车厢是专门为我们准备的，这样一来，我们就能一直在最前面，比火车更早到达目的地。"主席对委员会的成员们说。

火车驶出了月台棚，一直沿着铁路前进，从未脱离轨道。火车开到阿尔图纳附近的"马蹄弯"，这里的铁路也随地势弯曲成一个巨大的马蹄形。火车并不是沿着长长的马蹄弯形铁路先上山再盘绕，而是选择了一种不寻常的走法。火车跳下铁轨，直入山谷，抄了一条笔直的近路来到对面，重新跳到铁轨上，继续向着俄亥俄州驶去。

列车员说："如果你们有什么突发奇想的举动，请事先通知我。"

"我们失去尾巴的时候可没有人来事先通知我们哦。"老福龙布仲裁官说。

委员会中年纪最小的两只蓝狐狸宝宝,坐在车前的平台上。烟囱接连不断从铁路两旁掠过,绵延了好几英里。四百个大烟囱一字排开,一团又一团地喷出乌黑的煤烟。

"这里就是黑猫们来洗澡的地方。"第一只蓝狐狸宝宝说。

"我采信你的证词。"第二只蓝狐狸宝宝说。

火车穿越俄亥俄州和印第安纳州的那一夜,福龙布们掀开了车厢的顶篷。

列车员对他们说:"你们必须给我个解释。"

"因为它挡在了我们和星星之间。"他们告诉他。

火车开到了芝加哥。当天下午,报纸上就登出了几张上下颠倒的照片。照片拍的是蓝狐狸们和福龙布们爬上电话线杆子,在上面用头倒立,还用铁斧子舀着粉红色的冰激凌吃。

每只蓝狐狸和每只福龙布都给自己买了一份报纸,

他们个个都把报纸上下颠倒过来，仔仔细细地看了很久，看看自己在报纸上是什么样子。在报纸登出的照片里，他们爬上电话线杆子，在上面用头倒立，还用铁斧子舀着粉红色的冰激凌吃。

穿过明尼苏达州时，天空中渐渐飘满了雪幽灵，因为明尼苏达州的雪天即将来临。蓝狐狸们和福龙布们又一次掀开了车厢的顶篷。他们告诉列车员，他们宁可火车失事，也不能错过这年冬天明尼苏达州第一场雪中雪幽灵那盛大的表演。

它们中有一些睡着了，可是那两只蓝狐狸宝宝彻夜未眠，他们一直看着雪幽灵，给彼此讲雪幽灵的故事。

刚入夜时，第一只蓝狐狸宝宝向第二只问道："这些雪幽灵是谁的灵魂呢？"

第二只蓝狐狸宝宝回答："每当有人团了个雪球，堆了个雪人，哪怕只是做了一只雪狐狸、一条雪鱼、一块小雪饼，他就会拥有一个雪幽灵。"

这只是他们刚开始时聊的内容。要是把当天晚上那两只蓝狐狸宝宝给彼此讲的明尼苏达州雪幽灵的故事都写下来，可得写成一本厚厚的书了。因为他们一整夜都坐在那里讲故事，讲了他们的爸爸和祖父母辈曾经给他们讲过的老故事，还编了一些从未有人听闻过的新故事——比如雪幽灵在圣诞节早上到哪里去啦，又比如雪幽灵怎样迎接新年啦。

来到温尼伯郡和驼鹿颔镇之间的某个地方，他们叫停了火车，然后通通跑进了雪中。在纷飞的大雪下，皎洁的月亮正照耀着长满桦树的山谷。那里就是雪鸟谷，加拿大所有的雪鸟一入冬就会来到雪鸟谷，制作它们自己的雪鞋。

最后，他们终于来到了梅迪辛哈特，来到了萨斯喀彻温河附近那个暴风雪和钦诺克风发源的地方。在那里，除非万不得已，谁也不去干活儿，可基本上大家都不得不工作。他们在雪中跑啊跑啊，一直跑到了首席天气观测员跟前，他仍然坐在高高山上的高高塔上的高高凳子上，观测着天气。

"再刮一场大风，把我们的尾巴刮回来吧！再来一回大冰冻，把我们的尾巴冻回到我们身上吧！这样，我们的尾巴就失而复得了。"他们对首席天气观测员说。

天气观测员一一照办，不折不扣地满足了他们的全部要求，于是他们心满意足地踏上了回家的路。每只蓝狐狸身后都有一条大波浪形蓝尾巴，无论跑动、进食、散步、聊天，乃至在雪地上画画、写信，通通可以用到尾巴。就连把一片肥瘦相间的培根藏到河边的大石头下，等想吃时再拿出来吃，也离不开尾巴的辅助。每只福龙布身后也都有一条橙黄色火炬般的长尾巴，用来照亮他在空心树里的家，而且，他夜里在草原上潜行，蹑手蹑脚地寻找美味的猎物时，也可以靠尾巴来照亮道路啦！

图书在版编目（CIP）数据

月亮雪橇之梦：桑德堡奇趣故事集/（美）卡尔·桑德堡著；（美）莫德·彼得沙姆，（美）米斯卡·彼得沙姆绘；吴湛译. -- 上海：上海人民美术出版社，2023.4（2024.6 重印）
（大作家写给孩子们）
书名原文：Rootabaga Stories
ISBN 978-7-5586-2635-7

Ⅰ.①月… Ⅱ.①卡…②莫…③米…④吴… Ⅲ.①儿童故事-作品集-美国-现代 Ⅳ.①I712.85

中国国家版本馆 CIP 数据核字（2023）第 061956 号

本书中文简体版权归属于银杏树下（北京）图书有限责任公司

月亮雪橇之梦：桑德堡奇趣故事集

著　　者：[美]卡尔·桑德堡
绘　　者：[美]莫德·彼得沙姆　[美]米斯卡·彼得沙姆
译　　者：吴　湛
项目统筹：尚　飞
责任编辑：张琳海
特约编辑：周小舟
装帧设计：墨白空间·李　易
出版发行：上海人民美术出版社
　　　　　（上海市号景路 159 弄 A 座 7 楼）
　　　　　邮编：201101　电话：021-53201888
印　　刷：河北中科印刷科技发展有限公司
开　　本：880mm×1230mm 1/32
字　　数：75 千字
印　　张：6.375
版　　次：2023 年 6 月第 1 版
印　　次：2024 年 6 月第 2 次
书　　号：978-7-5586-2635-7
定　　价：68.00 元

读者服务：reader@hinabook.com 188-1142-1266
投稿服务：onebook@hinabook.com 133-6631-2326
直销服务：buy@hinabook.com 133-6657-3072
网上订购：@ 浪花朵朵童书

后浪出版咨询(北京)有限责任公司　版权所有，侵权必究
投诉信箱：editor@hinabook.com　fawu@hinabook.com
未经许可，不得以任何方式复制或者抄袭本书部分或全部内容
本书若有印、装质量问题，请与本公司联系调换，电话 010-64072833